KB132063

깡통

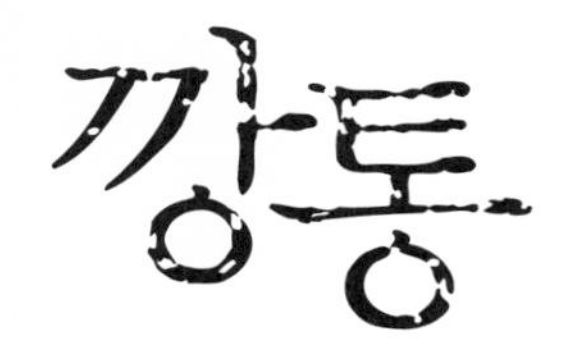

이상희 글 · 김세현 그림

문학동네

거기서 나는 살았다 선량한 아버지와

볏짚단 같은 어머니, 티밥같이 웃는 누이와 함께

거기서 너는 살았다 기차 소리 목에 걸고

흔들리는 무꽃 꺾어 깡통에 꽂고 오래 너는 살았다

이성복, 「모래내 · 1978년」 중에서

그는 죽어서 깡통이 되었다. 무엇인가를 담고 진열대에 놓여 있는 자신을 깨닫자 웃음이 나왔다. 전생에 그가 애용했던 깡통들이 떠올랐다.

아내와 아이들을 잃은 뒤, 수입도 거처도 일정치 않았던 그로서는 통조림 식품이 여러 모로 요긴했다. 호주머니 사정이 좀 좋을 때 몇 개 사두었다가 필요하면 뚜껑을 열고 깡통째 데워서 먹고 버리면 그만이었다. 버리면 그만이었지만, 그는 빈 깡통을 버리지 않고 잘 모아두곤 했다.

쓸모가 많았다. 밑바닥을 송곳으로 구멍내고 흙을 퍼담아 풀꽃을 심기도 하고, 물을 채워 길에서 주운 찔레 한 송이를 꽂아두기도 했다. 연필과 붓을 꽂아두거나 국자와 수저를 꽂아두기도 했다. 새와 고양이와 개의 먹이를 담아두기도 했다. 몇 개 겹쳐서 판자를 얹으면 층층이 책을 꽂을 수도 있고 몇 가지 안 되는 세간살이를 늘어놓을 수도 있었다. 재떨이로도 쓰고 동전을 모으는 저금통으로도 썼다. 설탕을 담아두기도 하고 소금을 담아두기도 했다. 문득 생각난 말을 쪽지에 써서 꽂아두기도 했다.

바닷가의 원시인들이 조개를 주워 먹고 조개껍질을 이용했듯이 그는 통조림을 열어 먹고 빈 깡통을 생활의 도구로 썼다.

쇼윈도를 통해 들어온 햇살이 슬금슬금 꽁무니를 뺐다. 졸고 있던 가게 주인이 조명등을 켰다. 가게 맨 뒤편에 진열돼 있던 그는 흠칫 놀라 눈을 크게 떴다. 그제서야 주변의 다른 깡통들을 찬찬히 돌아보았다. 자기처럼 사람이었다가 깡통으로 다시 태어

난 것이 또 있는지 궁금했다. 두리번거리던 그는 이내 포기했다. 깡통에 붙어 있는 상표들이 현란해서 정체를 알아볼 수가 없었다.

……여기가 숲이고 들이면 좋으련만.

전생의 한때, 책상 앞에 붙여뒀던 요가 수행승 사진이 떠올랐다. 숲속의 빈터에서 한쪽 다리를 배에 붙인 채 삼십 년 넘게 서 있다는 그 요기yogi의 외다리는 가느다란 나무 줄기 같았다. 어느 날 문득 그 사진을 떼어내어서 함부로 구겨버렸던 일도 떠올랐다. 인도를 돌아다니다 온 후배에게서, 그런 사진 대부분이 촬영용 포즈라는 얘기를 듣고서였다.

그런 기억들이 떠오르자 이왕 서 있어야 할 바에는 외다리가 어떨까 하는 생각이 들었다. 그가 막 한쪽 다리를 들어 배로 끌어올리는 동작을 취하려던 참이었다. 옆 줄에 쌓인 깡통에 부딪친다는 느낌이 들자마자 우르르 무너지는 소리가 났다. 무너지는 소리는 잇달아 덮치는 파도처럼 우르르 콰콰 밀려오고 또 밀려왔다. 엄청난 혼돈 속에서 그는 정신을 잃었다.

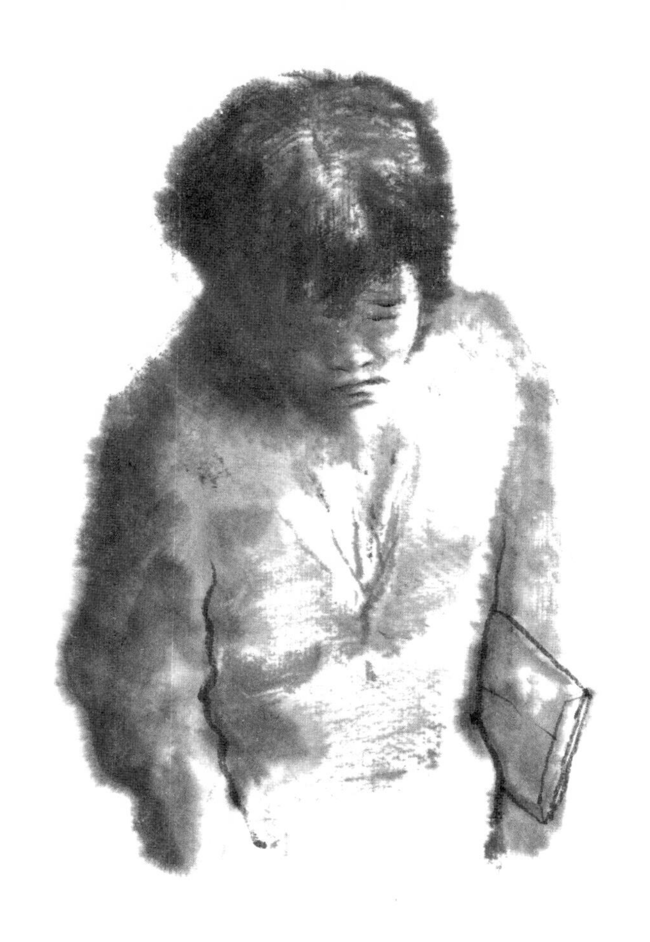

전생에 그는 시인이었다. 아무도 시인인 줄 모르는 시인이었다. 설계 사무실에서 퇴근을 하면 자기도 모르게 교외로 나가는 버스를 타고 있었다.

숲을 헤매고 들을 떠돌면 숨통이 트였다. 언젠가부터는 흐르는 개울물 위에 시를 쓰고 봄 나무의 가려운 겨드랑이에 시를 새겼다. 구름에 시를 띄우고 저녁 노을과 새벽 미명에 시를 부쳤다. 그러면 응어리진 울화가 좀 풀리는 듯했다. 남들이 술에 취하는 밤새 그는 자연에 취했다. 취한들이 가로등에 머리를 찧고 가드레일에 바지 자락을 찢길 때 그는 나뭇가지에 이마를 찧고 풀 덤불에 긁혀 생채기가 났다.

그의 아내는 남편이 없는 듯이 살았다. 워낙에 심약한 사람이긴 했지만 새파란 후배가 상사가 되면서 남편은 충격을 받은 것 같았다. 다른 직장을 찾을 주변머리는 없이 하루하루 모멸감을 무릅쓰느라 전전긍긍하는 기색이 역력했다. 손바닥만한 화단을 파고 헤집으며 꽃 가꾸기에 마음을 쏟더니 언젠가부터 새벽녘까지 바깥으로 떠돌았다. 어디서 무엇을 하다 들어오는지 물어보기도 두려웠다. 물어보는 순간 남편은 그대로 파열할 것 같았다. 통장으로 들어오는 월급이 적으면 적은 대로 밥도 끓이고 수제비도 끓였다. 아이들은 일요일이나 되어서야 아버지 얼굴을 보았다.

"엄마, 아버지 얼굴이 왜 이래요?"

"글쎄…… 달님 같지 않니? 달님도 가까이서 보면 이렇게 생채기 자국 투성이래."

꿈결에 섞여드는 대화를 들으면서, 쉬는 하루 내내 그는 잠을 잤다.

나무나 풀꽃이나 개울의 자갈이나 돌 같은 것이 되었더라면 좋을 텐데. 그가 이런 생각을 했더니 가게의 백열등 켜진 천장 대신 파란 하늘이 보였다. 풀꽃들이 도란거리는 낌새도 느껴졌다. 개울물 소리도 들리는 것 같았다. 그는 이상하게 생각하지 않았다. 자기가 깡통이 되어 있는 것을 깨닫고 그랬던 것처럼 잠깐 웃었다. 웃음 위로 우르르 쓰레기가 쏟아졌다. 하나같이 새카만 숯덩이였다. 아니, 새카맣게 그을린 깡통들과 과자봉지들이었다.

트럭 운전사와 미화원 복장의 사내가 주고받는 소리가 들렸다.

"참 그 가게 주인이 안됐데. 명예 퇴직하면서 받은 돈으로 차린 거라는데 말야."

"뭘, 화재 보험에 들어놔서 보상을 확실하게 받는다던데."

“그래? 불행중 다행이구만. 도대체 왜 불이 난 거래?”

“감시 카메라 필름을 돌려봤더니, 쥐새끼가 있었는지 통조림 진열대에서 깡통 하나가 움직이더래. 그 바람에 쌓인 깡통들이 줄줄이 무너지면서 합선이 되고 불이 났다는 거 같아.”

“그나저나 이거, 너무 아까워서…… 통조림 깡통들은 속이 멀쩡할 텐데 말야.”

“그런 걱정은 꽉 붙들어매두라고. 이 쓰레기장 뒤져서 먹고사는 이들만 해도 수백 명은 되니까.”

그날도 그는 퇴근길에 교외선 열차를 타버렸다. 아침에 지하철 표를 꺼내다가 오늘 저녁엔 제 생일이니까 꼭 일찍 들어오시면 좋겠다는 아들녀석의 쪽지를 봤지만 까맣게 잊은 채였다. 비가 오려는지 잔뜩 흐린 하늘 아래 도시는 퀴퀴하게 가라앉아 있었다. 어서 아무 숲속에나 들어가서 큰 숨이나 한번 쉬고 싶었다.

꾀꼬리가 많던 숲은 웬일로 조용했다. 나무들도 우울한 기색이었지만 개의치 않고 수첩을 꺼냈다. '꾀꼬리를 기다리는 저녁' 이라고 써놓고 나무 둥치에 기대어 있다가 한순간 잠이 들었다.

투두둑 투두두두둑— 처음에는 산 너머 군 부대에서 사격 연습을 하는 줄 알았다. 엄청나게 큰비가 쏟아지고 있었다. 나무들도 잔뜩 겁을 집어먹은 듯했다. 넘어지고 미끄러지면서 진흙투성이가 된 채로 겨우 막차를 탔다.

도시는 물바다가 되어 있었다. 신새벽이 다 되어서야 도착한 동네는 아수라장이었다. 아내와 아이들이 잠들어 있던 셋집이 무너진 축대 아래 으스러져 있었다. 세 구의 시신이 수습되길 기다려 그는 달아나듯 다시 교외선을 탔다.

쓰레기장은 그 하늘만큼은 그지없이 맑고 깨끗했다. 몇 번이나 비가 오고 큰 바람이 부는 동안 다른 깡통들이 씻기고 바래어지는 걸 보면서 그는 자기도 함께 행색이 나아지고 있다는 걸 알았다. 비로소 하늘을 한번 쳐다볼 엄두가 났다. 그 동안 전생에서

나 다름없이 극심한 무력감에 빠져 있었다.

……역시 이 하늘, 구름, 그리고 나무와 풀꽃들이 약이야.

고개가 쳐들어지지 않는 채로 그는 큰숨을 내쉬었다.

저만치 지나가던 구름 하나가 알은척을 했다. 그가 전생에 시를 띄웠던 구름인지도 몰랐다. 파란 하늘과 구름과 해와 별과 달을 어느 때보다 마음껏 누리면서, 그는 깡통이 된 채로도 시를 쓸 수 있을 것 같았다. 그 아이만 나타나지 않았더라면.

아이는 저 멀리서부터 차근차근 꽤나 신중하게 쓰레기를 뒤져오고 있는 참이었다. 꼭 필요한 것이 아니면 거들떠보지도 않는 것 같았다. 통조림 깡통 더미 속에서도 딱 두 개를 골라 가방에 넣었다. 그중의 하나가 깡통이 된 그였다.

비가 그친 교외의 숲속 떡갈나무 아래에서 그는 늦가을이 될 때까지 자고 또 잤다. 다람쥐들이 도토리를 모으느라 부시럭대는 탓에 어쩔 수 없이 일어나 앉은 지 한나절쯤 되었을까. 퀭한 눈으로 주위를 살피는 그를 등산객이 경찰에 신고한 모양이었다.

양팔을 붙들린 채 끌려나온 숲 밖의 하늘은 눈이 부셨다. 그는 눈을 감았다. '지난 초여름 물난리에 가족을 잃은 전직 설계사.' 신원 확인을 끝내자 경찰은 일단 그를 실직자 쉼터로 보냈다. 설계사 일은 생각만 해도 그를 무기력하게 억눌렀다. 전혀 다른 육체 노동이 하고 싶었다. 그는 도배 기술을 익혔다.

실습 수당을 모아 변두리의 숲 근처에 토담집을 세내었다. 용역업체와 계약을 하고, 일당을 받은 날이면 통조림 몇 개와 잡곡을 한

되 샀다. 떠돌이 개 두 마리말고도 끼니 때만 되면 찾아오는 고양이와 새떼들에게 먹이를 나눠주다 보면 매일 일을 하고도 굶을 때가 있었다. 그럴 때면 아내 생각이 났다. 그 월급으로 아이 둘과 넋 나간 남편을 먹이고 입히느라 고생이 많았겠구나…… 그날 밤 그는 시를 몇 줄 썼다.

아마도 자주 굶었을 아내여 / 이제서야 보이는 / 그 눈 밑 파랗던 그늘을 / 쓸어주고 싶네.

사내아이는 얼핏 봐서 열 살쯤, 전생에서 잃은 그의 딸만한 나이였다. 소풍이라도 나온 듯 건들건들 걷는 걸음으로 언제 쓰레기장을 벗어날까 했더니 어느새 문 여닫는 소리를 냈다.

알전구를 밝힌 방 한쪽에 오도카니 앉아서 아이는 가방 속의 것들을 꺼냈다. 통조림 두 개, 바퀴가 달아난 장난감 트럭, 머리 빗. 그것들을 불빛에 하나하나씩 비춰보다 말고 아이는 바깥으로 나갔다. 찬장 서랍을 뒤지는 것이 깡통 따개를 찾는 모양이었다. 그제서야 그는 자기가 무엇을 담고 있는 깡통인지 여태 모르고 있다는 사실을 떠올렸다.

아이는 그의 머리에 깡통따개를 들이댔다. 칼날을 막 대었다가는 내려놓더니 다른 깡통을 집어들었다. 그는 다행스럽기도 하고 실망스럽기도 했다. 아이가 뚜껑을 연 깡통에서는 참치 살코기가 나왔다. 그가 우두커니 지켜보는 가운데 아이는 젓가락으로 참치 살코기를 절반 나누고 다시 절반 나눠서 그 한쪽을 찬밥에 얹었다.

모든 것을 잃고 나서 처음으로 정착했던 토담집이었다. 그것을 그는 겨우 두 계절 만에 잃었다. 전세금은 떼이고, 씻어서 말린 깡통으로나마 알뜰히 정돈된 방과 마당은 철거반 남자들 손에 간단히 망가졌다. 그는 조금 남아 있는 잡곡을 털어서 개들과 고양이들을 먹인 다음 새들에게도 뿌려주며 작별을 고했다.

그때의 상실감이 싫어서 그후에는 움막집일망정 다시는 세들지 않았다. 일터 한쪽에 있는 컨테이너 합숙소에서 잠을 자거나 봄 여름은 개울물 맑은 숲을 찾아 그냥 텐트를 치고 지냈다. 구름을 쫓아가다가 개울을 따라 걷다가 아늑한 숲 사이 향기로운 나무를 만나 그 아래에서 잠들면 그만이었다. 건축 경기가 좋을 때는 도배 일을 하고, 숲에서 양봉업자나 약초 캐는 사람들을 만나면 따라다니기도

했다.

용역업체 사람들이나 산사람들이나 매사에 느리기는 해도 말 없고 욕심 없는 그를 좋아했다. 좋아해주었지만 그는 잠깐 무리에 머물렀다가는 훌쩍 떠났다. 어느 날 낙엽 속에 몸을 묻고 영영 떠날 때까지 그는 그렇게 살았다.

아이는 혼자였다. 찬밥 한 그릇을 게눈 감추듯이 먹고 쓰러져 자는 얼굴에는 여전히 굶주린 기색이 가득했다. 어긋난 쪽문 사이로 달빛이 희미하게 들이치는 어둠 속에 웅크리고 누운 아이를 바라보면서 그는 인연을 생각하고 있었다.

가장 먼저 떠오른 것은 자기 노여움에 겨워 가족들을 밀쳐두었던 뼈저린 전생이었다. 분명히 그들을 사랑했음에도 불구하고 한 번도 따뜻이 보듬어주지 못했다. 심약한 그가 그들 없이 혼자 남아 차디찬 밤과 밥을 넘긴 것은 그 뼈저림에 대한 회한이 채찍질한 덕분이었다. 지금 깡통의 생은 어쩌면 이 아이를 통해 다시 사랑해보라는 뜻이 아닐까. 한 번도 종교를 가진 적이 없지만 그는 그런 생각이 자꾸 들었다. 새벽이 되면서 그 생각이 확신으로 서고, 그 순간부터였다. 깡통으로서의 무력감이 완전히 사라졌다. 몸이 자유자재로 움직여졌다.

자기가 무엇을 담고 있는 깡통인지도 느낄 수 있었다. 설탕 시럽에 담긴 딱 두 조각의 복숭아. 아이는 그래서 그를 열려다 말고 다른

깡통을 열었던 것이다. 새벽빛이 차오르는 방 안에서 깡통인 그는 아이에게로 다가갔다. 웅크린 작은 몸 위에 이불을 덮어주는 것도 전혀 어려운 일이 아니었다.

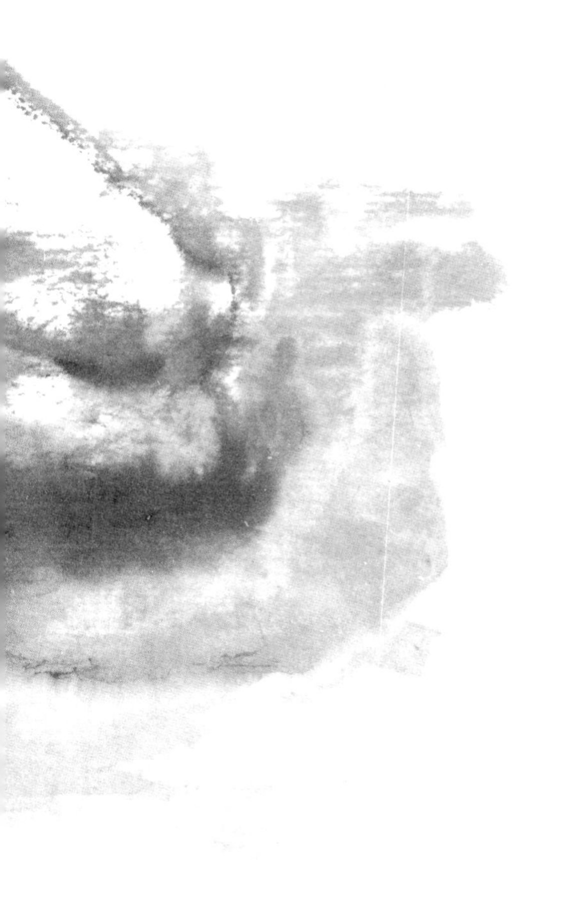

겨울 숲을 헤매다 보면 이상하게 돌돌 말린 나뭇잎을 대롱대롱 달고 있는 나무들이 눈길을 끌었다. 처음엔 병든 나무인가 보다, 안쓰러워서 일부러 다가가 나무 둥치를 쓸어주곤 했다. 어느 볕 좋은 날 나무 아래 앉아 있던 그의 어깨 쪽으로 마침 그런 나뭇잎

이 하나 툭 떨어지지 않았더라면 영원히 그런 줄 알았을 것이다.

돌돌 말린 나뭇잎을 주워 손바닥에 올려놓고 무엇이 들어 있을 거라는 기대도 없이 조심스레 펴봤다. 애벌레가 잠들어 있었다. 그것은 어미 벌레가 만든 애벌레의 집이었다. 나뭇가지에 나뭇잎 애벌레집을 도로 올려놓고 그 혹한 속의 퇴근길에 날마다 그것을 보러 갔다. 아하, 그렇지. 봄이나 되어야 부화하는 거야! 하고 뒤늦게 깨달은 뒤에도 눈 한 층 얼음 한 층 낙엽 한 층에 발을 푹푹 빠뜨려 가며 이가 딱딱 부딪치게 춥고 어두운 숲속에서 애벌레 한 마리가 깨어나기를 기다리다 돌아오곤 했다.

"여러분, 도대체 이게 뭘까요? 드디어 우리의 크레믈린이 한 작품 하실 모양입니다!"

"그러지 마세요. 무슨 일이 있나 봐요. 사람이 꽁꽁 얼었어요."

도면 귀퉁이마다 돌돌 말린 나뭇잎 속에 애벌레가 잠들어 있는 투시도를 그리고 또 그리는 그를, 설계 사무실의 동료들은 우스갯감으로 삼기도 하고 걱정하기도 했다.

독감에 걸려 열흘씩이나 흠씬 앓지 않았더라면 애벌레가 깨어나는 모습을 볼 수 있었을까? 몸을 가누자마자 숲으로 달려갔지만, 그가 보름 넘게 눈맞춤했던 그 나뭇잎 애벌레집은 찾을 수가 없었다.

구멍이 수십 군데는 뚫린 듯이 바람이 들이치고 바닥마저 냉골인 철거 주택 한켠에서 낡은 홑이불을 친친 감고 동그랗게 움츠린 아이는 겨울 숲의 애벌레 같았다.

……괜찮아, 이제 봄이 오면 나비가 되거나 꽃이 될 거야. 내가 잘 지켜줄게. 넌 이제 혼자가 아니야. 네겐 그저 복숭아 통조림으로 보이겠지만 난 말야, 사람으로 살았던 전생을 죄다 기억하고 있는 깡통이란다. 너만한 딸과 조금 더 어린 아들과 순한 아내와 함께 살았던 전생에 대해선 차차 이야기할 날이 있을 거야. 어째서 이런 것이 됐는진 나도 알 수 없지만, 난 말도 할 수 있고 움직일 수도 있어. 너를 만나면서 이 이상한 힘이 더 커진 걸 보면 우리가 이렇게 만나

도록 미리 정해져 있었는지 몰라. 그림책에 나오는 말하는 악어라든가, 생각하는 의자, 춤추는 계단, 하늘을 나는 눈사람처럼 나도 그런 것이라고 생각하면 돼. 알고 보면 이 세상에 마음이 없는 것은 아무것도 없거든. 그보다 중요한 것은, 우리가 이제부터 함께 지낼 거란 사실이지. 이제부터 넌 혼자가 아니야.

그는 늘 혼자였다. 아내와 아이들을 애틋해하면서도 발이 집으로 향해지지 않았다.

……여보, 그전에 나는 나무였나 봐 / 숲속에 가서야 숨을 쉬고

피가 돌아 / 숲속에 가서야 노래를 부르고 춤추고 싶어 / 식성에 맞는 바람과 물과 햇빛을 먹고 배가 부르면 / 그제서야 당신과 아이들이 그리워…….

늦가을까지는 볕 좋은 곳을 찾아 낙엽 속에 몸을 묻고 한숨 잘 수 있었다. 이마 위에 눈꺼풀 위에 낙엽을 한 움큼 얹고 서 있으면 곧장 나무가 되었다. 나무가 된 것이 기뻐서 가지가 된 팔로 옆에 있는 밤나무를 슬쩍 건드려보기도 했다. 밤나무는 탓하지 않고 가만히 웃어주었다.

목이 마르면 뿌리로 땅속의 물을 마실 뿐, 나무들은 대부분 조용히 명상에 잠겨 있었다. 무엇을 생각하는 것일까? 무엇을 생각한다기보다 조용히 자기 안을 바라보는 것이 나무들 본연인 것 같았다. 바깥에 있는 인간의 눈과는 달리 나무의 눈은 나무 안에 있었다. 인간이 어쩌다 자기 안을 바라보는 것처럼 나무는 어쩌다 바깥을 바라보았다.

그도 뿌리로 물을 찾으며, 가지에 앉아 쉬는 새들을 안고 조용히 눈을 감았다. 나무가 되는 꿈을 꾸고 나면 꽁꽁 얼어붙었던 얼굴 근육이 부드럽게 풀어져 있곤 했다.

……이상하다, 누군가 내 얼굴을 들여다보고 있는 것 같아. 꿈일까? 눈을 뜨는 것이 무서워. 아무도 없을 게 뻔하니까…….

주저주저하는 눈꺼풀을 억지로 뜨면서 아이는 벌떡 일어나 앉았다. 역시 아무도 없었다. 언젠가 온 가족이 목도리를 감고 두툼한 외투차림으로 갔던 겨울 바닷가 같았다. 그처럼 아득했지만, 잘 보면 보일 것같이 가느다란 온기가 실오라기처럼 떠다녔다.

……혹시 엄마가 왔는지도 몰라. 엄마들은 죽어서도 아이가 걱정되면 한 번씩 와본다니까 말야.

아이는 혼백의 꽁무니를 잡을 듯이 이불을 차내고 문밖으로 내달았다. 엄마는 없었다. 놀라 달아나는 새앙쥐들뿐이었다. 그마저도 서운해서, 아이 눈에는 금세 눈물이 핑 돌았다. 소매를 당겨 축축해지는 눈자위를 꾹꾹 문지르면서 뒷걸음질쳐 방 안으로 들어왔다. 숨듯이 이불 속으로 들어가려던 아이는 우뚝 멈춰 섰다.

……아니야, 내가 옳아. 누가 왔어. 뭔가 다르다니까! 이 이불 좀 봐! 내가 덮은 게 아냐!

아이는 벽에 기대어 앉아 머리를 한껏 젖히고 눈을 감았다. 알코올 중독으로 온몸이 새까맣게 변해 거리에서 돌아가신 아버지…… 장례를 치르자마자 시름시름 앓던 엄마…… 엄마가 돌아가시고 세 살 위인 형마저 말없이 떠나버린 것이 이른 봄……

혼자가 되어 처음 맞는 겨울이었다.

……누굴까?…… 가버렸나?…… 다시 올까?……

깡통은 벽에 기대어 앉은 아이 발끝을 톡 건드렸다. 아이는 불에 덴 듯이 놀라더니 벽까지 젖혀 쳐들었던 머리를 숙였다.

"깜짝이야! 복숭아 통조림이 왜 여기 있지?"

아이는 깡통을 들고 이리저리 돌려보다가, 반쪽짜리 복숭아가 두 개 살포시 겹쳐져 있는 상표 그림을 들여다보았다.

"꼭 심장 같네."

이번엔 방바닥에 깡통을 내려놓고 중얼거렸다.

"혹시, 너 말할 줄 아니?"

깡통은 기다렸다는 듯이 크게 끄덕이면서 대답했다.

"그럼!"

아이는 동그래진 눈매를 길게 늘이면서 배시시 웃었다.

"너였구나!"

"그래. 놀랐니?"

"조금…… 난 이런 일이 있을 줄 알았어. 너무 무섭고 슬펐거든. 전에 읽은 책에는, 아이들은 너무 슬퍼하게 놔두지 않는댔어. 혹시, 우리 엄마가 보냈니?"

"글쎄, 그런지도 모르지. 그보다 너, 배 고프지 않니? 어제 저녁에 먹다 남겨둔 참치 통조림이라도 먹으렴."

"치, 다 보고 있었구나. 그러니까…… 이 이불도!"

깡통은 대답 대신 소리없이 웃었다.

"배고프지 않아. 그러고 보니 이상하네? 난 요즘 아무리 먹어도 배가 고팠거든…… 우리 어서 다른 데로 가자. 난 친구가 생기기만 기다리고 있었어. 이 집은 정말 싫어. 며칠마다 동사무소 아저씨들이 찾아와서 보호시설로 보낸다고 야단이야. 형이 데리러 온댔다고 거짓말하는 것도 지쳤어."

깡통이 미처 생각할 틈도 없이 아이는 가방을 끌어와 몇 가지 물건들을 챙겨넣었다. 제일 먼저 앉은뱅이 책상 쪽으로 가서 그림책 한 권을 뽑아넣었다. 어제 주워왔던 바퀴 없는 트럭과 빗도 넣었다. 새로운 곳으로 갈 수 있다는 흥분 때문에 온몸이 풍선처럼 부풀어 떠 있는 것 같았다. 문지방을 막 넘어서는 아이를 막으면서 깡통이 옷장을 가리켰다.

"참!"

아이는 그제서야 깊이 감춰둔 겨울 잠바를 꺼내어 입었다.

숲에 눈이 내리면 그는 벌떡 일어섰다. 일어선 채 눈을 맞았다. 팔을 벌리고 나무들과 나란히 서서 눈을 맞고 있으면 모든 것이 하얗게 지워졌다. 가지 위에 쌓였다가 툭 떨어지고 또 툭 떨어지는 눈덩이 소리만 이명처럼 머리를 울렸다. 벌린 팔 위로도 눈이 쌓였다가 떨어졌다. 언 눈이 눈꽃을 피울 때까지, 언제까지나 그렇게 서 있고 싶었다. 서 있고 싶었지만 세상으로 나가는 문이 완전히 닫히기 전에는 숲을 빠져나가야 했다. 그의 발을 붙들지 못하는 집으로 세상으로 돌아가야 했다.

그것은 억울하게 받는 벌 같았다. 밤길을 억지로 달려 집으로 들어설 때, 아내가 붉은 눈으로 깨어 있으면 그것도 벌이었다. 미안해서 성난 체하는 그에게 아내는 변명하기도 했다.

"잠든 아이들을 보고 있었어요. '거룩한 밤, 고요한 밤' 이라고 시작하는 크리스마스 캐롤 송 말이에요, 틀림없이 이렇게 잠든 아이들을 들여다보다가 쓴 노래다 싶어요."

크리스마스라…… 벌써 그렇게 되었나? 지치고 젖은 몸 그대로 아내 곁에 나란히 앉아 그도 잠든 아이들 얼굴을 바라보았다. 얼마 만인가? 이렇게 잠든 얼굴을 보는 것이. 처음인 것 같기도 했다. 깨어 있는 얼굴도 본 지가 한참이니…… 꽃잎처럼 작고 부드러운 입술, 조그맣게 발랑이는 콧방울, 허공을 쓸고 있는 눈썹, 투명한 솜털이 자욱한 이마, 낮에 흘린 땀내가 고소한 머리카락까지, 그것은 자기와는 전혀 상관없는 천상의 존재처럼 아름다웠다.

……누굴까, 이 천사들은 / 어디서 날개를 잃었을까 / 근심 없는 나라로 돌아갈 일도 잊어버리고 / 남루한 지붕 아래서 잠들었네.

"어디로 가는지 묻지도 않는구나?"

깡통은 아이의 손에 들린 채 아이를 올려다봤다.

"어디로 가든지 좋으니까. 아저씨하고 함께라면 다 괜찮아!"

갑자기 깡통이 격렬하게 움직였다.

"어어, 왜 그래? 떨어뜨릴 뻔했잖아!"

"미안, 미안! 마음이 복잡해지면 나도 모르게 이래. 그전엔 숲속에 들어가서 나무에다 몸을 부딪치곤 했지."

"숲?"

"응, 숲! 날씨가 따뜻해지면 우린 거기 가서 지낼 거야. 지금은 안 돼. 올 겨울은 엄청나게 추울 거래. 어서 따뜻한 곳을 찾아야 하는데……."

"걱정 마. 이 잠바만 입으면 겨울에도 안 추워. 눈 오는 바다에도 갔었는걸. 얼마나 따뜻한데."

깡통은 천진하게 웃고 있는 아이를 따라 함께 웃었다.

"그나저나 어디로 가야 할지 정하고 걷는 것이 좋은데…… 어디로 갈까? 우와, 저기 좀 봐. 이제 해가 뜨려나 봐."

하늘 한쪽이 오렌지빛으로 부풀고 있었다. 아이도 눈을 가늘게 뜨고 그쪽을 바라보았다.

"나, 지금 좋은 생각이 났어. 이맘때면 청둥오리가 많이 날아오는 저수지가 있대."

"어디에?"

"몰라. 전에 텔리비전에서 본 것 같아. 이렇게 해가 막 떠오르는 데 물 위로 새떼가 하늘 가득히 날아올랐어."

"음, 철새 도래지인가 보다."

"맞아, 철새 도래지랬어! 어딘 줄 알아?"

"몇 군데 있을 거야. 주남 저수지라는 데는 나도 가보고 싶었어."

그때 완전히 떠오른 해를 가로질러 새 한 마리가 움직이는 그림처럼 천천히 날아갔다.

숲속에서 해가 뜨는 것을 본 적이 있었다. 주말이었고, 아내가 사준 오리털 잠바를 입고 나온 날이었다. 모자까지 달린 그 잠바는 꿈같이 따뜻했다. 그는 숲에서 밤을 새워보고 싶었다. 여느 때와는 달리 주위가 캄캄해지도록 나가지 않는 그를, 나무들은 걱정하는 것 같았다.

……걱정 말아. 이 옷이 얼마나 따뜻한지 모르지?

겨울 밤의 숲은 해 있을 때와는 또 다르게 고요했다. 세상에서 한 발짝 더 떨어진 세계였다. 눈빛이 반사되어 묘하게 밝았다. 금방이라도 정령들이며 도깨비들이 나타날 것 같았다. 그들 중의 하나가

손을 뻗쳐 그의 손을 끌어당길지도 몰랐다.

그랬으면 했다. 서로 헐뜯는 인간들…… 모함하고 속이고 독기를 뿜으면서도 부끄러운 줄 모르는 인간들, 게걸스러운 인간들…… 터무니없이 많이 먹고 입고 언제 어디서든 그만큼이 확보되지 않는다고 비참해하는 인간들, 뭐든지 사고 파는 인간들…… 사랑도 자연도 모성도 은혜도 연민도 깡그리 상품화시키는 인간들, 시끄러운 인간들…… 끊임없이 키득거리고 지껄이고 누군가를 지껄이게 해야 즐거워지는 인간들……

그 속에 자기가 속해 있다는 것이 부끄러웠다. 더욱이 그 악덕에 무책임하고 무능력하고 무가치한 악덕을 더해 가진 존재가 그였다. 악덕으로 가득 찬 세상을 변화시킬 힘은커녕 제 가족만이라도 따뜻이 품어안는 소시민적인 미덕조차 가지지 못한 그였다.

그는 눈빛이 박하향처럼 코를 찌르는 한겨울 숲의 눈 속에 엎드려서, 오래오래 울었다. 무슨 새가 울고 그것이 신호인 것처럼 일어섰을 때였다. 어느새 해가 뜨고 있었다. 눈 물과 눈물이 함께 녹고 얼어 가죽처럼 딱딱해진 눈꺼풀을 간신히 열어 해를 보았다.

청둥오리떼뿐만이 아니었다. 저수지에는 큰고니와 저어새와 기러기떼말고도 이름 모르는 새들이 가득했다. 새의 세상에 사람들 몇이 들어가 있는 것 같았다.

"얘, 네가 보고 싶어하던 청둥오리야! 어서 일어나봐!"

“어? 정말 청둥오리네? 난 잠깐 졸았는데, 쟤들처럼 우리도 날아서 온 거야? 깡통 아저씨, 나, 지금 날개가 달린 거야?”

전생 얘기를 듣고서부터 아이는 자기 손에 든 깡통을 아저씨라고 부르고 있었다.

“글쎄, 좀전까진 날개가 있었던 것 같기도 하고…… 나도 잘 모르겠다. 그보다는 새들한테 인사나 하지 그래?”

“응? 응!…… 얘들아, 안녕! 너희들, 정말 멋있구나!”

그 인사에 대답이라도 하듯 물 위에 떠 있는 새들이 꿱꿱거렸다. 그때였다. 어디선가 새떼를 겨냥한 돌멩이가 날았다.

새들이 일제히 날아올랐다. 저수지도 함께 날아오르는 듯했다.

몇천 마리 철새떼가 일제히 날아가버린 저수지는 세상이 끝난 뒤처럼 황량했다. 새들은 한치의 미련 없이 자기들이 머물렀던 저수지를 밀어내면서 점점 더 높이 날아올랐다.

꼬리를 흔들며 하늘로 올라간 연이 한껏 팽팽해진 연줄을 가늠해

보면서 이제 막 지상과의 인연을 끊으려는 그 순간처럼, 새떼의 비상이 한순간 멈칫할 때였다. 조금 전까지 새들과 어울렸던 저수지가의 갈대 숲이 출렁, 몸을 흔들었다. 저수지 수면이 출렁거린 것은 그 다음이었고, 겹겹이 포개진 산 능선이 흔들린 것은 또 그 다음이었다. 무심해 보이는 자연은 그렇게 서로 연연히 이어져 있었다.

겨울 하늘을 점점이 뒤덮은 철새떼 속에 깡통을 든 아이도 날고 있었다.

"어? 나 좀 봐! 나도 날고 있네. 깡통 아저씨! 우리 지금 날고 있다는 거 알아?"

"그래, 알아. 이렇게 새들 속에 섞여 날고 있으니까 새가 된 것 같다. 하지만 쉿! 목소리를 낮춰. 새들은 사람 말소리를 싫어한대."

탄성을 억누르며 아이는 점점 멀어지는 저수지를 내려다보았다. 그것은 여름날 비 온 뒤의 웅덩이처럼 조그맣게 보였다. 저수지 주변에서 웅성대고 있던 사람들은 어느새 점점이 흩어지고 있었다.

"깡통 아저씨, 저기 좀 봐! 사람들이 돌아가고 있어."

"좀전에 새떼한테 돌 던진 사람이 혼쭐나더라. 새들은 아마 돌 던진 사람이나 떼로 몰려와서 웅성거리는 구경꾼들이나 매한가지로 싫을걸. 이제 이 철새들은 저 저수지에 다시는 돌아가지 않을지도 몰라."

"남극이나 북극 같은 덴 조용할 텐데…… 아, 그건 안 되는구나,

그런 곳이 추워서 떠나온 거니까…… 어디가 조용할까? 우리 할머니 계시던 시골 마을도 참 조용했는데."

"조용하기도 해야 하지만, 먹이도 있어야 하고 물도 있어야 하고…… 이것저것 조건이 다 갖춰진 곳을 찾는다는 게 쉽지 않을 거야. 용케 찾아내면 이렇게 또 사람들에게 쫓겨가고."

"하지만, 깡통 아저씨. 새들 좀 봐, 그렇게 속상해하진 않는 것 같애. 쫓겨간다고 생각하진 않나 봐. 그렇지, 새들아?"

언제든 떠날 생각으로 살아간다면 인류도 좀더 행복해질 수 있지 않을까. 이것은 깡통이 사람으로서의 전생을 마감할 때 마침표를 찍듯이 한 생각이었다. 언제든 떠날 생각으로, 제 스스로 옮길 수 있는 양만큼의 음식과 옷과 책만 지니기로 한다면 모든 다툼은 저절로 없어질 텐데. 금방 세웠다가 허물 수 있는 천막에서 살아가는 유목민들의 그토록 천진하고 풍요로운 표정이야말로 그가 깊이 간직한 지상의 아름다운 그림 중 하나였다.

이 겨울을 무사히 넘긴다면, 하고, 마지막 선물인 듯 초겨울의 숲에 쏟아지는 햇살을 받으며 낙엽 속에 자기를 묻고 누웠던 그는 영영 눈을 감을 때까지 몇 번이나 거듭 생각했다. 배낭여행중에 만났던 몽골 북부 차탄족 남자 바트를 한번 찾아가볼까. 전생의 마지막

꿈은 그래서 몽골을 배경으로 펼쳐져 있었다.

……그는 몽골 남자였다. 짐승을 죽이거나 상하게 하는 일을 싫어해서 사냥도 다니지 않고 순록의 뿔을 자르는 일에도 꽁무니를 뺐지만, 아무도 그를 능력 없다고 탓하지 않는다. 아이들과 함께 순록떼를 몰아 풀을 뜯게 하고, 겨우내 눈 속에서 순록을 지키는 일만으로도 그 몫의 삶은 나날이 아름답고 평화로웠다.

"새들도 힘들겠네. 난 그저 신나게 날아다니며 노는 줄 알았는데."

낯선 물가에서 지친 철새떼와 함께 주저앉아 있던 아이가 어른처럼 말했다.

“그래? 나도 그런 생각을 했어…… 새들도 우리처럼 먹을 것 잠 잘 곳을 구해야 하고, 자기들을 해치려는 적이 있나 끊임없이 살펴야 하는구나, 고단하겠구나, 하고 말이야.”

“정말, 아까 송골매 한 마리가 앞에서 빙빙 돌고 있을 때는 너무 무서웠어. 그리고 슬펐어.”

아이는 자기도 모르게 깨우쳐가고 있는 생존 논리에 몹시 겁먹은 듯했다.

“송골매라고 다 무서워할 건 없어. 이야기 하나 해줄까? ‘카라’ 라는 송골매가 있었어. 어느 날 이 새는 생각했대. 왜 나는 힘없는 새들을 잡아먹어야만 하나, 작은 새들처럼 딸기나 머루 같은 열매만 먹고 살 수는 없을까, 하고 말이야. 한번 그런 생각을 하기 시작하니까 사냥하는 일이 그렇게 싫을 수가 없었지. 정말 어느 날은 배가 몹시 고픈데도 눈앞에 있는 작은 새를 놓아주고 말았어. 심지어 다른 독수리가 잡으려는 것을 쫓아주기까지 했단다. 얼마 지나지 않아서 작은 새들은 자기들을 해치지 않는 새, 카라를 기억하게 됐어. 처음엔 의심도 했지만, 마침내 발톱이 너무 커서 작은 열매들을 따지 못하는 카라를 위해 조금씩 먹이를 거둬서 벼랑 끝에 있는 카라의 둥지까지 날라다 주게 되었지. 카라가 사는 숲에서는 이제 자기보다 작고 약한 것을 해치는 것이 쑥스러운 일이 되었대. 그 숲에서는 큰 짐승도 작은 짐승도 서로 나누고 도우면서, 다 함께 행복하게 잘 살아갔단다.”

아이는 해처럼 환해진 얼굴로 자기 곁에 앉아 있던 쇠기러기를 살며시 껴안았다. 쇠기러기도 카라 이야기가 마음에 들었다는 듯 아이의 뺨에 제 뺨을 부볐다.

아직 아내와 자식들을 잃기 전이었던 어느 새벽, 그도 잠든 아이들의 뺨에 자기의 거친 뺨을 차례차례 맞대어본 적이 있었다. 집과 도시를 떠나던 날이었다.

그는 떠난다는 생각만으로 눈 덮인 산 속으로 산 속으로 하염없이 들어갔다. 배낭에 넣어온 통조림을 마지막으로 꺼내 먹은 지도 한참 되었고 등산로의 쓰레기통을 뒤진 지도 며칠이 지났다. 완전히 자포자기 상태에 이르러 어느 산등성이에서 눈 이불을 덮고 누워 노을 빛에 물드는 하늘을 멍하니 올려다보고 있을 때였다. 난데없는 호통이 날아와 가물가물 끊어지는 정신을 후려쳤다.

"냉큼 일어나시오!"

그 말 한마디 하고는 휘적휘적 앞장서는 노스님을 넋나간 채로

따라 걸었다. 나중에 안 일이지만, 그토록 가파른 눈길을 반주검이 된 몸으로 걸어올랐다는 것은 기적이었다.

촛불 빛에 눈을 부비고서야 정신을 차려보니 전기도 들어오지 않는 작은 암자였다. 다음날부터 그는 동상으로 썩은 발에서 진물이 흐르는 채 장작불도 때고 쌀도 씻어 안쳤다. 쉴 참에 암자 앞 바위에 앉아 내려다보면 발 아래가 겹겹구름이었다. 산다는 생각도 없이 죽는다는 생각도 없이 무연히 지낸 지 한 계절이나 지났을까. 이래라저래라 일절 말이 없던 스님이 저녁 염불을 마치고 우렁우렁 설법을 시작했다.

……세속에서 고통을 이겨내며 사는 것도 절집에서 마음 닦는 것 못지않게 중요한 공부이니라…… 그대가 뿌려놓은 인연의 씨앗들을 꽃피우라…… 꽃피우는 일을 피하지 말고 게을리하지 말라……

굳이 누구더러 들으라는 말씀도 없이 시작한 설법이지만 새도 듣고 나무도 듣고 산도 듣고 그도 들었다. 다 듣고 나서야 자기 들으라 하신 말씀이거니 싶었다.

다음날 새벽, 부엌에 나가 쌀을 씻으려고 보니 아궁이 옆에 털신 한 켤레와 양말 한 켤레, 지폐 두 장이 놓여 있었다. 문득 내려다본 발도 말끔히 나아 있었다.

"우리 아빠는 나 때문에 돌아가셨어."

그들은 도시로 돌아가고 있었다. 신문지를 덮고 웅크린 노숙자들이 눈에 띌 때마다 표나게 멈칫거리던 아이가 중얼거렸다. 깡통은 무슨 이야기냐고, 몸을 흔들었다.

"아빠가 집에서 나가시는 걸 붙잡아야 했는데…… 그때는 아빠가 정말 미웠어. 매일 술만 마시고, 얼굴이 새까맣게 되도록…… 엄만 아픈데도 일하러 나가시고…… 어느 날은 학교에서 돌아오는데 웬일로 아빠가 큰길에 나와 계시는 거야. 나도 모르게 반가워서 아빠! 하고 불렀는데…… 가만히 계시더라구. 멍한 눈으로 쳐다보더니 그냥 지나치시는데, 아들도 못 알아보시지 뭐야. 나가시는 걸 말려야 하는데, 난 너무 서운하고 속상해서 혼자 집으로 들어와버렸어. 아빠 그날 밤 늦게까지 돌아오시지 않았어. 엄마랑 형은 어떻게 된 일이냐고 묻는데, 난 암말도 못하고, 몰라, 몰라, 소리만 쳤어."

아이의 조그만 얼굴 하나 가득히 고통스런 기억이 사납게 파도치고 있었다.

"네 탓일 리가 없어. 얼굴이 까매질 정도면 병이 심한 상태였을 거야. 아버진 가족들에게 더이상 짐이 되고 싶지 않다는 생각에서 집을 나섰겠지…… 그런 생각에 빠져서 네가 부르는 소리, 네 모습을 못 알아보셨을 거야…… 사람이란 다른 누구 때문에 죽거나 살지는 않는대. 그보다 너, 배고프지?"

"좀더 참을 수 있어."

"그러지 말고, 내 머리 뚜껑을 열고 복숭아를 꺼내 먹으렴."

아이는 말도 안 된다는 듯이 세차게 고개를 저었다.

"아저씨를 어떻게 먹어? 아저씨가 없어지면 난 어떻게 하라구?"

"바보! 난 안 없어져. 내 몸은 깡통이거든. 복숭아가 없어져도 나는 남아 있다니까. 복숭아를 먹고 나면 네가 기운이 좀 날 거고, 기운이 나면 기분도 괜찮아질 거고, 또 내가 가벼워져서 네가 들고 다니기도 한결 수월할 거야. 빈 깡통에다 뭘 넣어다닐 수도 있으니까, 일석삼조가 아니라 일석사조가 되겠구나."

깡통은 울상이 된 아이를 한번 더 재촉했다.

"자, 어서 나를 새처럼 가볍게 만들어봐!"

굶는 것을 좋아하는 사람들이 있다. 머리가 맑아지고 몸이 새처럼 가벼워지고, 무엇보다 식욕을 제어할 수 있다는 기쁨을 즐기는 부류들. 그는 점심시간이 되자마자 서랍 속의 조그만 저금통에다 점심값만큼 동전을 넣곤 사무실 주위를 산책하곤 했다. 저금통이 다 차면 은행 창구에 가서 지폐로 바꿔 '기아에 시달리는 아프리카 어린이를 위한 모금함'에 슬그머니 집어넣었다.

어느 날 갑자기 자기 책상이 출입구에서 가장 가까운 쪽으로 옮겨지고 월급이 줄어들면서 그의 굶는 산책은 더이상 즐거운 일이 되지 못했다. 끼니를 거르지 않았어도 자꾸 배가 고팠다. 여직원들의 군것질에도 끼어들곤 했다. 모멸감과 공포심이 묘하게 식욕을 부채질하는 모양이었다.

궁핍한 마음과 반비례해서 몸무게가 점점 늘어나는 그 나날들은 지옥이었다. 작은아이가 새로운 장난감을 갖고 싶어서 날마다 엄마를 조른다는 걸 알고 다시 굶는 산책을 시작하지 않았다면, 온갖 싸구려 인스턴트 음식을 먹어치우는 괴물이 되었을 것이다.

아이의 새 장난감을 위해 굶는 일에는 예전 같은 즐거움이 없었다. 아버지 된 자의 의무감이 쓰라린 위장을 쪼아대면 기껏 얼마를 더 모아야 하나, 가난한 산수를 해보게 될 뿐이었다. 아무리 굶어도 몸이 새처럼 가벼워지지 않던 시절이었다.

"이상해, 아저씨! 정말 괜찮은 거야?"

미안함을 감추지 못한 채 겨우 복숭아 조각 하나를 삼키던 아이가 물었다.

"그럼. 아무렇지도 않아. 이제 봄이 오면 들꽃이 필 거야. 그전에 혼자 조그만 오두막에 살 때는 빈 깡통에다 들꽃을 뿌리흙째 담아서 키우기도 했단다. 우린 집이 없으니까 그럴 수는 없고, 아마 들꽃 한 송이쯤 꽂아 다닐 수는 있을 거야."

"어서 봄이 오면 좋겠다. 그렇게 뚜껑이 열려 있고 속이 텅 비어 있으니까 너무 미안해."

"그렇게 생각하지 말고 이렇게 생각해보는 거야. 뭔가 담겨 있으면 새로운 걸 담을 수 없잖아…… 비어 있다는 건 좋은 거라고."

"야호! 우리에게 집이 없다는 것도, 갈 곳이 정해지지 않은 것도, 그러고 보면 좋은 거네!"

"그럼. 길이 다 정해져 있으면 그대로 따라가야 하거든. 새로운 길을 가보기가 힘들지. 우리는 아무것도 정해지지 않은 길을 우리 스스로 만들어서 가고 있는 거야. 하얀 백지에다 첫 글자를 쓸 때처럼 말야. 그 대신 용기를 많이 내야 하지."

숨을 쉬기 힘들 정도로 차갑고 드센 바람이 쉴새없이 몰아치고 있었다. 살아서 온기를 지닌 것이라고는 하나도 없는 듯한 극지였다. 걷고 있다지만 목적지가 있는 행진이 아니라 쓰러지는 순간까지 얼어붙지 않으려는 몸부림이었다. 아마도 태초의 그것처럼 푸르고 맑은 하늘이 가없이 펼쳐져 있으리라, 짐작하면서도 고개를 들 엄두가 나지 않았다.

얼마나 걸었을까. 아니, 얼어붙지 않으려고 몸부림친 지 얼마나 되었을까. 한껏 움츠린 몸을 본능적으로 나아가게 하던 발걸음이 문득 멈췄다. 덩굴풀치고는 꽤 억세어 보이는 나뭇가지들이 꽁꽁 언 땅 위를 기듯이 뻗어 있었다. 살아 있는 것을 밟지 않으려는 무의식이 발을 붙들었던 것이다.

무릎을 꿇고 엎드리듯 키를 낮춘 자세로 얼어붙은 입을 간신히 움직여보았다.

"너희들, 살아 있니?…… 살아 있냐고!…… 살아 있다면…… 대답 좀 해봐!"

그제서야 대답이 들렸다.

"물론이야. 우린 북극버드나무란다. 저 얼음 바람을 견디기 위해 키를 잔뜩 낮췄을 뿐이지. 우린 위로 자라지 않는 대신 엎드린 채로는 얼마든지 가지를 뻗을 수 있거든."

"그러고 보니, 그렇구나…… 그런데 여기가 어디니?"

"북극 숲의 가장 높은 곳이야. 우린 지금 북극의 지붕 위에 있는 셈이지."

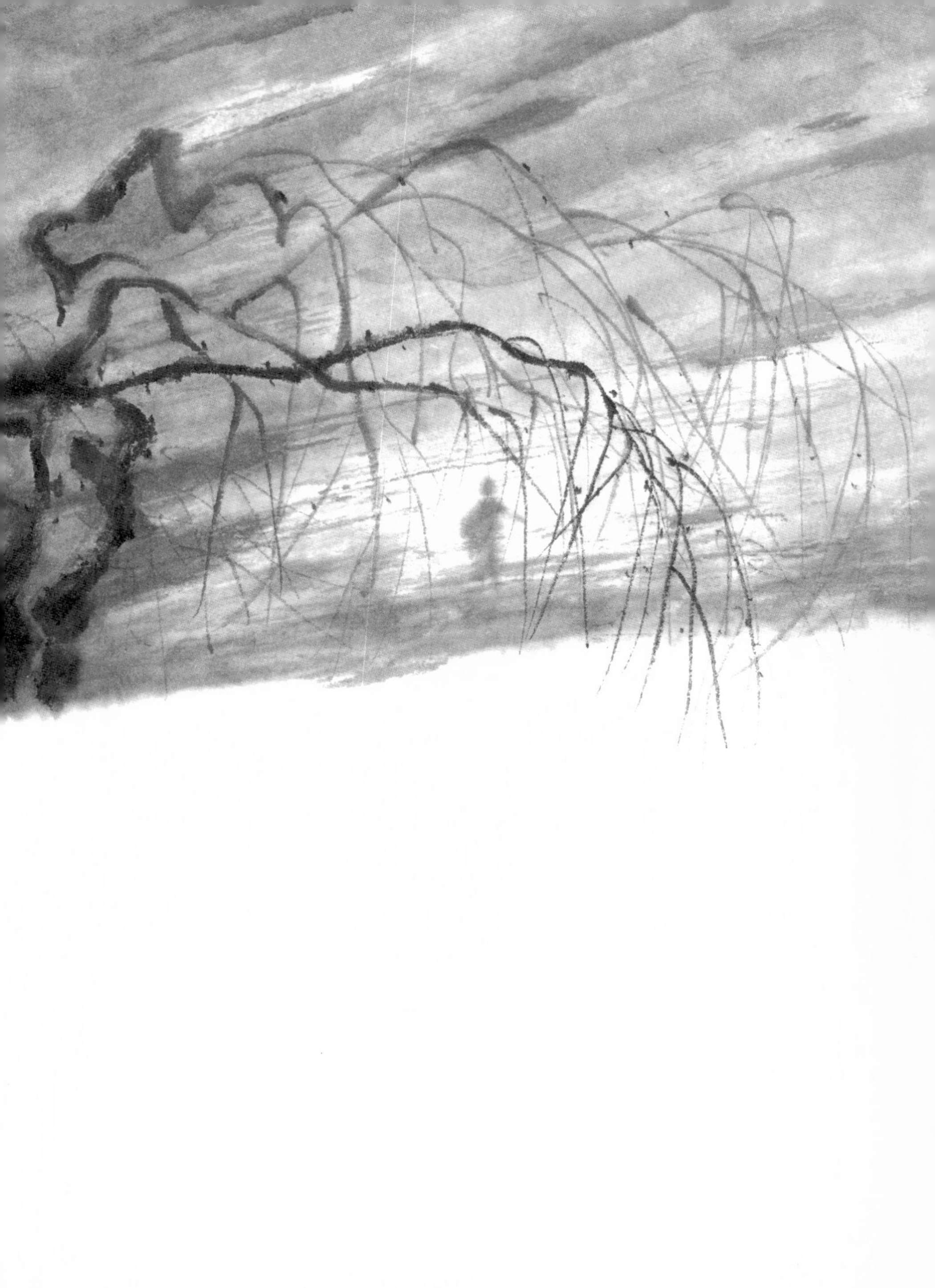

아이가 깨어난 곳은 나무들이 엎드려 자라는 꿈속의 극지보다 훨씬 추웠다. 도시나 시골이나 잔뜩 찌푸린 사람들이 의심 가득한 눈을 번쩍이며 바쁘게 움직이고 있었다. 사람들끼리 옷깃을 스치면 인연을 느낀다는 것은 아득히 오랜 옛 시절의 노래였다.

이들은 어쩌다 몸이 닿으면 무슨 나쁜 의도가 있는지부터 살피고 쌀쌀맞게 돌아서거나 눈을 부릅떴다. 지갑 사정에 따라 들어갈 수 있는 곳과 들어갈 수 없는 곳이 엄격히 구분되어 있었고, 모르는 사람에게는 결코 말을 걸어서는 안 되었다. 안녕하세요? 어서 오십시오! 무엇을 도와드릴까요? 반갑습니다! 누구에게나 이런 말을 하는 사람들은 그것이 직업인 경우였다. 그런 말도 인사용으로 교육받은 합창일 뿐 실제로 그러겠다는 뜻은 아니었다. 정말 도움이 필요해서 다가가면 뜻밖이라는 표정으로 뒷걸음질을 쳤다. 허둥지둥 서너 군데 전화를 건 뒤 이리로 가보라 저리로 가보라기 일쑤였다.

추울 뿐인 극지에서와는 달리 이곳에서는 견뎌야 할 일이 너무 많았다.

깡통은 아이가 점점 기운을 잃어가고 있다는 것을 느꼈다. 자기를 감싸고 있는 아이의 손아귀가 갈수록 헐렁해졌다. 걸식을 싫어한 탓에 지난 닷새 동안 아이가 먹은 것이라곤 철거 주택에서 들고 나온 말라붙은 참치 두 입, 깡통의 몸을 열고 꺼내 먹는다는 사실 때문에 입에 넣기조차 주저주저했던 복숭아 두 조각이 전부였다.

백화점 지하 식당 환기구가 뿜어내는 끈적한 온기를 쬐면서 한 잠, 사우나탕 보일러실 한켠에서 한 잠, 쫓기듯이 잔 잠도 문제였다. 완전히 지쳐버리기 전에 질좋은 음식과 푸근히 쉴 수 있는 잠자리를 구해야 했다.

깡통은 조금만 참으라든지, 곧 맛있는 것을 먹을 수 있게 될 거라든지, 기운을 내보라고 달래지 않았다. 그 대신 이런 얘기로 아이를 부추겼다.

"그전에 가봤던 곳 중에서 말야, 생각나는 데가 있을 거야. 한번 얘기해보렴."

"생각나는 데?"

"그래. 음식이 맛있었던지 구경거리가 근사했던지…… 오래오래 머물고 싶었던 곳, 누군가랑 함께 다시 한번 가봤으면 싶은 곳……
그곳만 생각하면 언제라도 마음이 환해지는 곳…….”

아이가 어른들이 하듯 지그시 눈을 감는 모습은 사랑스러웠다. 축 처졌던 입가가 위로 둥글게 끌어올려지고 홀쭉했던 뺨도 단단하게 부풀어오르길 기다렸다. 기다린 보람이 있어 아이가 이야기를 시작했다.

……음, 제일 먼저 생각나는 곳은…… 그래, 거기야. 그전에 우리 가족들이 모두 함께 살던 집 주방! 우리집 식탁은 굉장히 컸어. 요리할 때 재료를 죽 늘어놓길 좋아하는 엄마가 앞집에서 공사할 때 내다버린 문짝을 다듬어 만든 거였어. 요리 재료를 늘어

놓고도 한쪽에선 내가 블록 장난감을 다 펼쳐놓고 집을 지을 수가 있었어. 한켠에선 형이 숙제도 할 수 있었다니까!

엄만 답답하다고 책상에 가서 하라고 했지만 우린 늘 못 들은 척 했어. 내 영토를 침범하다니, 이 나쁜 녀석들! 엄만 화가 난 것처럼 크게 소리치면서 칼을 휘둘러 얍! 하고 홍당무랑 무를 썰어 하나씩 우리 입에다 물려줬어. 음식이 끓는 맛있는 냄새 속에서 아삭아삭 씹어먹던 야채 조각들이 얼마나 시원한 건지 아저씬 모를 거야…… 친구들이 아무리 재미있는 일이 있다고 해도 곧장 집에 돌아올 수밖에 없다고 형이 투덜거릴 정도였지.

그리고 또…… 다시 가보고 싶은 곳이 있냐구? 그전에 내가 말한 적 있는 겨울 바닷가. 깡통 아저씨도 기억하고 있을 거야. 아빠가 안 아플 때, 일요일 밤이었던 것 같아. 바다는 캄캄했어. 어디가 모래밭이고 어디가 바다인지 가까이 가서 발을 디뎌봐야 알 수 있었거든. 다 늦은 저녁에 엄마가 바다가 보고 싶다고 중얼거렸고, 아빠는 좋아! 지금 당장 바다를 보러 가는 거야! 이렇게 소리쳤지. 놀러 갔던 사람들이 줄줄이 돌아오는 고속도로를 거슬러 달리는 기분이 이상했던 기억이 나. 그리고 바닷가에선 넷이 꼬옥 붙어서 있었기 때문인지, 그 얼마 전에 새로 샀던 잠바 때문인지, 그 바닷가는 조금도 춥지 않았어. 지금도 난 누가 겨울 바닷가가 춥다고 말하면 아니라고 대답해.

겨우 기운을 추스른 아이와 함께 깡통은 남쪽 도시 근교의 그 수도원을 찾아가기로 마음먹었다. 전생의 설계사 시절, 우연히 알게 된 신부님이 차고를 개조하고 싶다기에 찾아간 곳이었다.

사무실이 쉬는 어느 공휴일, 아침 미사 시간에 댈 작정으로 새벽녘 일찌감치 떠났건만 전화로 받아 그린 약도는 어디서부터인가 크게 잘못된 모양이었다. 점심때가 훨씬 넘어서야 숲에 둘러싸인 수도원이 보였다. 서둘러 측량을 하고 수도원 신축 당시의 설계도를 복사한 다음, 차고의 새로운 용도를 메모해 부랴부랴 돌아가려는 그를 신부님들과 수사님들은 물론 주방 아주머니와 수도원을 지키는 두 마리 개들마저 나서서 한사코 붙들었다. 저녁을 들고 가야 한다는데, 격식을 차려 해보는 얘기가 아니라는 것이 너무도 확연했다. 붉어진 얼굴로 어쩔 수 없다는 듯 끼어 앉은 식탁이었지만, 결국 그는 난생 처음이라 할 만큼 즐거운 식사를 했다. 나직하고 부드러운 목소리로 주고받는 쾌활한 유머, 서로에 대한 말없는 배려와 모든 것이 질서정연하게 정돈된 모습들은 딴 세상에나 온 듯이 느껴졌다.

……어느 수사의 짓궂은 귀띔대로 도시락 반찬 메뉴들만 늘어놓던 마리아 아줌마가 그대로 계실까? 안토니오 신부님은 계시겠지만 이름은 잊은 수사들은 아마 서품을 받고 뿔뿔이 흩어졌을 거야. 우릴 받아주지 않으면 어떻게 하느냐고? 그건 그때 가서 생각하기로 하자. 그 대신 이렇게 기도를 하는 게 좋겠지. 올 겨울 중 가장 추울 거라는 이 한 주간 동안만 우리가 따뜻이 지내게 되길.

……깡통 아저씨는 기도를 믿어? 나도 그전엔 믿었어. 그림책이나 조립 장난감을 갖게 해달라고 말이야. 그러면 정말 그림책과 조립 장난감이 생겼고, 놀이공원에 가게 해달라고 기도하면 놀이공원에도 가게 되었지. 그런 건 두 번 세 번 기도하지 않아도 금방 이뤄졌어.

하지만 아빠가 술을 끊게 해달라든가 엄마를 빨리 낫게 해달라든가 형이 빨리 돌아오게 해달라든가 하는 기도는 암만 열심히 해도 이뤄지지 않는 거야. 내가 생각해도 그 기도가 훨씬 중요한 기도인데…… 이럴 줄 알았으면 그림책을 갖고 싶거나 놀이공원에 가고 싶어도 기도를 하지 말았어야 했다고 후회도 많이 했어. 한 사람의 기도를 몇 번까지만 들어줄 수 있다, 이렇게 정해진 모양이라고 생각한 거지. 그래서 정말 기도가 필요한 일이 생길 줄 몰랐다고, 딱 한 번만, 아니 두 번만 더 들어달라고 울면서 기도했는데…… 그러면 정말 착한 사람이 되겠다고 약속도 했는데…… 소용이 없었어.

깡통 아저씨 같으면 그래도 기도를 하면 뭔가 이뤄질 거라고 믿을 수 있겠어? 물론 지금은 기도를 믿지 않아도 아저씨 말을 들을 거야. 너무 춥고, 졸립고, 또 배가 고프니까.

……그래. 무슨 일이 생길 때마다 기도에만 매달리는 건 사람들이나 하는 짓일 거야. 북극에서 태어난 버드나무는 살려 달라고 기도하는 대신 얼음바람을 피해 바닥 가까이 가지를 뻗어 생명을 이어가지. 일 년 내내 내리는 비가 콜라병 하나 겨우 넘는 사막의 소나무도 비를 좀더 내려달라고 아우성치는 대신 최소한으로 먹고 마시게끔 자기 몸 구조를 되도록 단순화시킨대. 곰도 눈 쌓인 겨울 동안 먹을 걸 달라고 기도하는 대신 미리 잔뜩 먹은 몸으로 조용히 봄을 기다리지. 체력을 소모하지 않도록 체온을 낮추고 호흡수를 줄이면서 말야.

그들은 어디서 그런 지혜를 얻었을까? 물론, 사람들 중엔 기도 그 자체보다 기도할 때 스스로 얻게 되는 새로운 용기와 깨달음을 더

중시하는 이들도 있어. 마치 목마른 나무가 가느다란 뿌리로 땅속 깊은 곳의 물을 찾고 또 찾아서 끝내 목을 축이는 것처럼 말야. 나도 그런 식의 기도가 참된 기도라고 생각해. 가난한 마음의 우물을 깊이깊이 마주 보며 길어올리는 한 모금의 지혜.

전생의 그는 어떤 식의 기도도 하지 않는 부류였다. 누구보다 쉽게 마음을 상하고 자주 낙담의 한숨을 내쉬면서도 모든 문제를 깡그리 자기 속에 몰아넣고 자물쇠를 채워버렸다. 처음엔 사소했던 감정의 부스러기들도 쌓이고 쌓여 폭탄처럼 초조한 절망이 되었다. 친구도 아내도 그의 문제를 까맣게 몰랐다. 입을 열면 자기 속의 폭탄들이 터져나올까 두려워서 그는 점점 과묵해졌다.

"너, 피곤한 모양이구나. 먼저 들어가렴."

친구들은 이렇게 말하면서 침울한 얼굴의 그와 서둘러 헤어지곤 했다.

"아빠가 힘드셔서 그래. 어서 자러 가자."

아내도 아이들을 재운다는 핑계로 복잡한 표정의 남편을 피했다.

어쩌다 초저녁에 퇴근을 했다가도 그의 이른 귀가가 낯설어서 아내가 쩔쩔매면 슬그머니 웃저고리를 집어들고 집을 나섰다.

친구들 중에 한둘은 그가 걱정이 돼서 언제 한번 조용히 마주 앉아 봐야겠다는 생각을 하기도 했지만, 차일피일 시간이 지나가버렸다. 그는 자신을 들여다보기가 무서웠고, 아내와 친구들은 그런 그를 들여다보기가 두려웠다.

마침 외출했다가 돌아오는 안토니오 신부를 수도원 들어가는 오솔길 초입에서 만난 것은 기도 덕분이었을까.

두 손으로 깡통을 모두어 쥐고 가방을 둘러멘 아이는 반가워서 꾸벅 절을 했다.

'아저씨가 얘기한 바로 그 안토니오 신부님이지?' 하고, 깡통에게 속엣말을 하면서.

그새 백발이 성성해진 신부는 아무것도 묻지 않고 아이 뒤통수를 한번 쓰윽 쓰다듬고는 수도원으로 데리고 들어갔다. 수련 수사 한 사람을 불러 씻겨주라 이르고 마리아 아줌마에게 상을 보게 했다. 아이는 피정 센터의 비어 있는 방 침대에 들어가 이틀 밤낮을 정신없이 잤다.

아이는 눈을 뜨자마자 깡통부터 찾았다. 그보다 더 좋은 장난감을 갖다주마고 해도 고개를 흔들며 눈물을 글썽였다.

"제발 부탁이에요. 난 그 깡통이 없으면 안 돼요."

수도원에 들어오던 그날 아이를 씻겼던 수련 수사는 자기가 내다버린 빈 깡통 하나를 찾기 위해 뒤뜰의 쓰레기장을 두 시간이나 뒤져야 했다. 무거운 박스 밑에 눌려 꼼짝할 수 없었던 깡통은 수사의 짜증스런 발길에 채여서야 수사 앞으로 몸을 굴렸다.

어디서 빌어먹던 녀석이 들어와 이런 고생을 시킨다고 투덜댔던 수련 수사는 아이가 펄쩍 뛰며 좋아하는 통에 웃을 수밖에 없었다.

"그까짓 깡통이 그렇게 좋으냐?"

"고마워요, 아저씨. 이건 좀 특별한 깡통이거든요."

아프리카 북동부, 아비시니아 고원 북쪽의 해발 1800미터 높이에 있는 타나 호수에 파피루스 나뭇잎으로 엮은 배를 노 저어가는 사나이. 그는 호수의 작은 섬 다가에스티파노스에서 공동체 생활을 하고 있는 수도원 수사이다. 무인도처럼 적막한 이 종교

공동체의 은둔 생활은 무릎을 꿇고 고개를 숙이는 이른 아침의 인사로 시작해 한 끼 식사를 하는 것말고는 온종일 성서를 읽고 기도하는 것이 전부다. 이 섬을 성역으로 선포했던 독실한 신자, 16세기 에티오피아 황제 파실레다스가 수사들에게 선왕들의 유해를 관리해달라고 부탁한 이후 황제들의 유해가 안치된 유리관이 층층이 얹혀져 있는 교회에서 수사들은 지금껏 매일 새벽 미사를 드린다. 병들어 산 채로 썩어가는 원로 수사들도 죽음의 순간까지 성경을 낭송하고 기도하며.

……먼지와 땀으로 흙칠된 수사의 넓디넓은 등이, 출렁이는 호수와 파란 하늘 배경을 압도하고 있다. 은둔 수도원으로부터 배를 저어, 그는 어디로 가고 있는 것일까? 파피루스 나뭇잎 배는 호수를 한 번 건너면 다 젖고 만다는데.

기도할 때마다 끼어드는 생각을 쫓아내려고 목수 김씨는 깍지 끼었던 굵고 거친 손가락을 폈다. 그가 좋아하는 수도원 창가의 이 볕 잘 드는 벤치에서는 일어설 때마다 목덜미가 어루만져졌다. 재재거리는 햇살이 늘 목덜미를 쪼아대는 것 같았다. 오늘따라 그 물음표의 갈고리가 마음을 심하게 건드렸다.

……나는 어디로 가고 있는가?

두툼한 손바닥으로 목덜미를 다시 한번 쓱쓱 문지르면서, 그는 차고를 개조한 저장실 한켠의 자기 작업실을 향해 걷기 시작했다.

김씨가 깡통을 들고 처음 찾아들었던 때에 비하면 수도원은 제법 규모가 커졌다. 단층이던 피정 센터가 5층으로 높아지고, 성당 뒤켠으로 큼지막한 식당이 새로 섰다. 신자들이 늘어난 덕분이지만, 현관 앞 화단가에서 마음껏 뛰어놀던 순한 개들의 손자뻘 되는 개들은 이제 묶인 신세가 되었다. 그리고 또…… 무엇이 달라졌나?

마리아 아주머니는 세상 떠난 지 오래이고, 우연히 똑같은 세례명을 가진 또다른 마리아 아주머니가 주방을 맡기 시작한 지도 십여 년이 되었다. 김씨는 그때와는 비할 수 없이 몸집 우람한 장년이 되었지만, 안토니오 신부가 눈감으면서 기도한 대로 수사가 되지는 못했다. 떠돌이 소년을 먹이고 입혀준 은혜만으로도 너무 벅차다고, 이제 막 청년에 접어들던 김씨는 단호하게 사양했다. 그 대신 수도원의 허드렛일을 하게 해달라고 수사들에게 간청했다.

깡통과 함께 떠돌면서 익힌 김씨의 갖가지 솜씨와 재주를, 아는 사람은 다 알고 있었다.

그는 깡통이 전생에 설계했던 작업실에 손수 만든 나무 침대를 놓고 누구보다 늦게 자고 일찍 일어나서 수도원을 두루 보살폈다. 정원의 나무들을 가다듬고 철따라 꽃을 심는 정원사이자 망가진 의자와 탁자를 고치고 만드는 목수이자 운전사이며, 짐꾼이자 경비원이었다. 남들이 보기에도 스스로를 혹사시킨다고 생각될 만큼 쉬지 않고 일했다. 그것이 기도이고 묵상이라고, 김씨는 생각했다. 제복을 입지 않았을 뿐 수사와 다름없이 금욕하고 절제하며 아이처럼 천진한 김씨를 수사들은 물론 신자들까지도 존경하는 마음으로 대했다. 어느 혹한의 겨울 며칠을 머물렀다 떠나선 어느 해 겨울 또다시 꽁꽁 얼어 돌아왔던 아이…… 수사들이 보기에도 김씨는 이제 평화로워 보였다.

누구도 김씨가 밤마다 그 큰 손바닥으로 얼굴을 감싸고 앉아 흐느끼는 줄 몰랐다. 몸을 아끼지 않는 노동으로 곤죽이 된 채 자리에 누웠다가도 깡통을 들고 다니던 그 조그맣던 손이 텅 빈 채 커져버린 것을 깨달으면 벌떡 일어나 앉아 치미는 설움에 몸을 떨었다.

그 겨울, 혹독한 추위가 덮치리라는 일기예보 때문에 잔뜩 겁먹은 깡통은 아이를 수도원으로 데려가 꼭 일 주일을 나게 했다. 꽤 오래 더운 밥을 못 먹은 채 추위에 시달렸던 아이는 누가 봐도 한눈에 위태로워 보였을 것이다.

그런 아이를 보살피는 것은 당연하다는 듯이 아무것도 묻지 않고 수도원으로 데리고 들어가셨던 안토니오 신부. 수도원은 그런 만큼 쾌적했다. 가족처럼 따뜻하면서도 조용하고 은근한 배려 덕분에 모처럼 아이도 주눅들지 않고 자유로웠다. 아주 오랜만에 뜨겁지도 차지도 않은 물에서 몸을 씻고 있는 느낌이었다.

"안토니오 신부님은 아빠 같아. 아니, 사실은 꼭 아빠 같지는 않아. 그래도 왠지 머리를 쓸어주시면서 내 눈을 들여다보실 때는 아빠 생각이 나거든. 그리고 수사님들도 모두가 형이나 삼촌 같아. 이상하지? 어떻게, 처음 보는 사람들인데 말이야. 아저씨, 자? 내 얘기 듣고 있는 거야?"

소등 시간이 지났는데도 잠이 안 와서 눈이 말똥말똥한 아이가 깡통을 톡톡 두드렸다.

"아니…… 나도 잠이 안 오네…… 그분들은 말야, 이 세상 모든 사람을 형제로 생각한대. 우리가 생각하는 형제보다는 훨씬 큰 뜻의 형제…… 원수나 도둑마저 포함하는 형제."

혈연으로 맺어진 가족 너머 온 세상에 속하라는 소명대로 살아가는 그들의 공동체에 깡통도 매혹된 것 같았다.

"나도 수사가 되고, 신부님이 되고 싶어."

"푸하하, 이번엔 수사에다 신부님이라…… 조류 보호가, 보일러공, 요리사…… 또 뭐더라…… 우주 탐사대장, 티벳 순례자, 정원사…… 하여튼 되고 싶은 것이 자꾸 늘어나서 좋구나."

꽃샘 추위가 매서웠던 일 주일이 지나자 깡통은 정갈한 침대와 간소하지만 기분좋은 식사들로부터 과감하게 아이를 돌려세웠다. 순순히 따르긴 했지만, 아이가 다시 거리 한가운데로 나가는 일은 얼마나 어려웠던가. 깡통은 아이에게 자립을 가르치고 싶었다.

"자, 눈 좀 떠보렴."

멀리로 아이를 데려와서는 으레 그랬듯이 깡통이 말했다. 아이도 언제나 그랬듯이 눈을 부비자마자 눈을 크게 뜨고 놀랐다.

"여기가 어디야? 또 내가 날아온 거야?"

깡통은 아이의 손에서 뛰어내렸다.

"그런 건 중요하지 않다니까. 저것 봐! 저 엄청나게 커다란 거 보이니? 네가 보기엔 무엇인 것 같아?"

"우와, 저게 뭐야, 아저씨? 공룡들이 사는 집이야? 아닌데…… 아냐!…… 아하, 알았다! 저건 왕릉이야, 왕릉. 왕의 무덤이야."

깡통은 고개를 끄덕이며 무덤을 호위하듯 가지를 드리우고 있는 나무 쪽으로 아이를 이끌었다.

"조용하고 아늑하지? 왕이 주무시는 곳이니까, 우리도 조용히 머물렀다 가자."

고개를 끄덕이며 아이는 나무 아래에 옹색하게 서 있는 안내판으로 다가갔다.

"읽을 수 있지?"

깡통은 익히 알고 있는 내용이었다. 엉성한 소개문의 토씨조차 하나 틀리지 않고 낱낱이 기억하고 있었다.

그곳은 지금은 돌아가신 외할머니 댁이 밭고랑 너머 빤히 보이던, 방학 때마다 와서 뒹굴던 전생의 어린 시절 놀이터였다. 두 팔을 뒷머리로 베고 누워 달디단 낮잠을 잔 적도 많았다.

……웬 아이가 내 발치에 와서 자는가, 하고 궁금했을지도 몰라. 아, 왕은 그때 그 아이를 기억하고 있을까?

깡통은 새삼 왕릉 앞에 마음을 굽혀 절했다.

아이는 안내판을 읽는 둥 마는 둥, 조용히 머물렀다 가자는 약속은 어느새 까맣게 잊어버리고 풀빛 가득한 왕릉 주변을 뭐라고 소리치며 뛰어다니고 있었다. 아이니까, 왕도 이해하시겠지. 깡통도 제 몸을 휙 날려 아이를 따라 굴렀다.

"좋은 생각이 났어, 아저씨한테 꽃을 꽂아줄래!"

"고맙다. 하지만, 너무 이른 꽃보다 지금 지천으로 돋아나는 쑥을 캐자. 저편 마을에 내가 빈집을 봐뒀는데, 금간 독에 쌀톨들이 좀 있었어. 쑥이랑 함께 죽을 끓이면 한 끼론 넉넉할 거야."

"와! 우리 여기서 지낼 거야? 나도 여기가 마음에 들어."

……그 이른 봄에 손톱을 푸르게 물들였던 쑥물은 여름이 되어서야 가셨지만 다음 계절까지도 오래오래 쑥 향기가 났어. 아, 쑥을 캐다 말고 문득 왕릉을 돌아보면 햇살에 못 이겨 무덤이 열리는 것 같기도 했지. 잘 봐, 이런 걸 캐는 거야, 라고 가르쳐준 대로 어린 쑥만 가리고 가려서 캤는데도 깡통을 가득 채우고 한 움큼이나 남아서 내 호주머니에 담아 옮기는 바람에 거기까지 쑥 향기가 배었고…… 그전엔 쑥국 같은 것도 싫어했던 내가 쌀알보다 쑥 건지가 훨씬 많았던 그 쑥죽을 정말 맛있게 먹었지. 거친 부랑자들 셋이 나타나지만 않았더라도 우린 거기서 겨울까지 잘 났을 텐데.

무슨 사연으로 버려진 것인지 알 수 없었지만, 거미줄 무성했던 빈집은 며칠 안 가서 눈부시게 바뀌었다. 깡통 아저씨 덕분이었다. 자는 사이에도 뭔가를 끌어와서 뚝딱거리며 집을 꾸며대는 바람에 잠에서 깨어날 때마다 또 새로운 곳 어디로 나를 데려다 놓았나, 놀라곤 했다.

무엇보다 깨어진 옹기 조각에다 흙을 퍼담고 밭두렁의 풀꽃들을 심어 피우던 솜씨가 잊히지 않는다. 뒤틀어진 채 나뒹구는 문짝을 주워다가는 낡은 창호지를 일일이 뜯어내고 벽에 매달아 자질구레한 물건들을 올려놓았던 선반은 얼마나 멋스러웠나.

구경만 하면서 감탄만 하다가 어느 날부터는 나도 함께 뚝딱거리기 시작했었지. 설계사였다니까 직접 망치를 들고 못박는 일을 하진 않았을 텐데, 깡통 아저씨는 혼자서도 거뜬히 집 한 채는 지을 수 있을 것처럼 보였어. 배우라고 종용하진 않았지만, 난 아저씨가 내게 생활의 기술 같은 것을 가르치고 싶어한다는 것을 눈치챘지.

우리는 곧 손발이 척척 맞는 솜씨 좋은 한 팀이 됐지. 아침에 일어나 문을 열어보면 왕릉이 가까운 산처럼 보이던 그 집…… 거기서 겨울을 났더라면 지금과 무엇이 달라졌을까.

……무엇이 달라졌겠느냐고?

네 스스로 묻고 또 묻고, 몇십 년째 곱씹고 있는 그 질문의 뜻을 난 짐작할 수 있어. 나를 잃은 데 대한 자책과 회한 때문이겠지. 만약 내 짐작이 맞다면 넌 너무 오래 오해에 빠져 있는지도 몰라. 하긴 그토록 질긴 오해야말로 대대손손 이어지는 인간의 고질이라고 생각하지만.

들어봐. 네가 들고 다니던 나, 깡통은 결코 네가 놓쳐버리거나 잃어버린 것이 아닐 수도 있다는 거야. 웬만한 상황에선 나 스스로 움직일 수 있다는 걸 잊었니? 내가 너를 떠난 것이라고, 그렇게 생각해볼 수도 있다는 거야. 모든 국면은 그런 식으로 생각해볼 필요가 있어.

사실이라는 게 있지 않냐고? 그것이 알고 싶다고? 사실? 진실이라는 것은 뭘까? 그건 한 장면의 사진 같은 것이 아닐까. 몹시도 적막하고 황량해 뵈는 풍경 사진이 있다고 할 때, 그것은 셔터를 누른 사람이 자기 마음의 눈으로 읽은 것에 불과해. 그 풍경을 또 누군가는 얼마든지 감미롭고 낭만적으로 해석할 수 있다는 거야. 단지, 상황과 국면에 대한 해석이 있을 뿐이라는 것. 그것이 나의 결론이야. 내 전생이 그처럼 환란투성이였던 것도 삶에 대한 나의 해석에 문제가 있었던 거라고 생각해.

꿈이었다. 꿈인 줄 알면서도 그 속의 상대에게 고개까지 끄덕이는 꿈. 김씨는 어느 날 갑자기 고아가 되어 철거주택에 웅크려 있을 때 문득 나타났던 깡통 아저씨를 단번에 수긍했듯이, 꿈속에서 깡통 아저씨가 한 말도 그대로 받아들였다.

……그래요, 무슨 얘긴지 알겠어요, 깡통 아저씨. 최소한, 이젠 자책은 하지 않게 될 것 같군요. 그래도 아저씨가 어딘가에 있으리라는 것, 내가 알아보지 못하고 찾지 못하고 있다는 걸 생각하면 여기서 이렇게 하루하루를 보내고 있는 것이 죄다 거짓말 같기만 한 건 어쩔 수가 없어요. 아저씨 없이 이렇게 나이를 먹었다는 것도 믿을 수가 없어요. 아저씨와 함께 있었던 마지막 날, 그날로부터 내가 전혀 낯선 별에 떨어졌다는 생각이 지워지지 않아요. 가끔, 이렇게 꿈에라도 만날 수 있다면 좀 견디기가 쉬울는지. 아니, 더 견디기 힘들지도 모르지요.

김씨는 꿈과 현실의 경계에 끼인 채 그렇게 울먹이며 중얼거리고 있었다. 만약 그때 누가 작업실 앞을 지나가고 있었더라면, 그 처연한 넋두리를 들었더라면, 어디서나 빈 깡통만 보면 눈을 빛내곤 하는 김씨를 이해하게 될까. 김씨의 작업장 한쪽이 깨끗이 씻어 모은 빈 깡통으로 탑을 쌓게 된 것을 이해하게 될까.

붉게 젖은 눈에 은빛 덩어리로 뭉개져 보이는 깡통더미를 바라보고 있을 때였다. 누군가 방문을 조심스럽게 두드리고 있었다. 김씨는 반사적으로 머리맡의 자명종 시계를 집어들었다. 새벽 다섯시 이십오분. 문밖에 서 있는 이가 누군지, 금방 짐작이 갔다. 아뿔싸, 마리아 아줌마가 새벽 장에 데려다달라던 시각이 다섯시였다.

……**봄은,** 어제까지가 겨울이었음을 깨닫는 때……

김씨는 새벽 장 본 것을 나르느라 수도원 뜰을 가로지르다 말고 문득 멈춰 서선 그렇게 중얼거렸다. 정말 그 순간부터 봄이었다. 딱딱하고 꺼칠한 회갈색 세상은 자취도 없었다. 그러고 보니 회양목

생울타리에서도 겨울눈들이 톡, 투두둑 터지고 있었다. 그것을 신호로 사방의 나무들이 연둣빛 폭죽을 잇달아 터뜨렸다. 지난해 심은 어린 묘목들은 제가 낸 소리에 제가 놀라 온몸을 흔들었다.

어느새 귀밑머리가 희끗거리는 김씨의 뺨에도 비단끈처럼 부드럽고 매끄러운 바람 한자락이 스쳐갔다. 수도원 뒷산에서는 새들이 튀어오르는 공처럼 통, 통, 날아오르고 또 날아올랐다. 하늘엔 햇솜처럼 보송거리는 구름이 떠 있다. 김씨는 그제서야 생각난 듯이 장바구니를 들어다 주방 문 앞에 던지다시피 옮겨놓고, 작업실로 달려갔다. 그에게도 이 신생의 봄에 할 일이 있었다.

"내게 꽃을 꽂아주고 싶다던 거, 생각나니?"

감기 끝에 사춘기의 우울증까지 겹쳐 나른해져 있는 아이를 깡통이 흔들었다.

"응? 으응……."

“그럼, 내가 제일 좋아하는 꽃을 찾으러 가자.”

“무슨 꽃인데? 어디 있어?”

“글쎄, 그게 무슨 꽃인지, 어디 가면 있는지, 사실은 나도 몰라.”

……키가 큰 줄기에 달린 하얀 꽃이야. 전생의 아내가 봄이면 색깔 없는 유리컵에 꽂아놓곤 하던 건데, 그 아내와 아이들을 다 잃은 다음 어느 날 문득 생각이 났어. 원래 난 꺾어다 꽂아두는 꽃은 보기 언짢아했거든. 저 혼자 피었다 지게 놔둬야 한다고 생각했지. 하지만 아내는 어디서 구해오는지 꽃 한두 송이는 꼭 꽂아두곤 했어. 아마 집 안 어디엔가 꽃이 한 송이도 없었던 적은 없었던 것 같아. 그 덕분에 단칸방이 그리 꾀죄죄하게 느껴지지 않았던 건지…… 이맘때 꽂혀 있곤 하던 그 하얀 꽃은, 뭐랄까. 꽃이기 때문에 어디선가 꺾여와 있는 것 같은 부자연스러움이 없었어. 보아달라고 고개를 쳐들거나 향기를 내뿜지 않는 꽃, 가난한 살림과도 잘 어울리는 꽃…… 그런 점들이 내 맘을 끌었던 모양이야. 하지만 물론 그 꽃이 맘에 든다, 꽃 이름이 뭐냐, 어디서 구했느냐는 얘긴 아내에게 해본 적이 없었지.

혼자된 지 몇 해 만에 불쑥 그 꽃이 생각나고, 그러자 이상하게도 참을 수가 없더군. 꽃집에도 가보고 꽃 농장에도 가보고…… 그런데 아무리 설명해도 모르는 거야. 이 세상에 없는 꽃인가 보다, 내가 너무 혼자만의 인상을 갖고 있나 보다, 그러면서 까맣게 잊고 있었는데…… 요즘 다시 생각이 나네. 아마 네가 꽃을 꽂아주고 싶다고 했던 그때부터인가 봐.

……참으로 오랫동안 그 하얀 꽃을 찾아 헤맸다. 꽃 이야기가 나온 뒤부턴 꽃 농장이 몰려 있는 방방곡곡 도시 근교 지역이 우리의 순례지가 되었으니까.

"봄에 피는 거래요. 하얗고, 아주 순하게 생긴 꽃인데, 줄기가 길

다랗다는데…… 그런 꽃 아세요? 보신 적 없어요?"

그렇게 물었을 때 사람들이 보이는 반응은 대개 두 가지였다. 다짜고짜 몇 박스나 필요하냐고 물으며 행색부터 살피는 사람들, 이런저런 꽃을 보여주다가 오히려 더 캐어물으면서 덩달아 궁금해하는 사람들…… 쫓기듯 등을 떠밀리거나 서로 미안해하는 인사를 나누면서 번번이 헛걸음을 하는 것이었지만, 그런 순례 덕분에 우리는 흥분하고 절망하면서 모처럼 생의 활기를 누리기도 했다.

뜻밖의 소득은 그뿐만이 아니었다. 늦은 가을 무렵에 들른 꽃 농장에서는 일거리를 얻곤 해서 겨울 한철을 걱정 없이 나기도 했다. 깡통의 존재를 모르는 농장 주인들은 내가 해내는 일의 양과 질, 두 가지 모두에 감탄해서 봄이 되어 떠나려고 해도 좀처럼 놓아주지 않았다. 낮에는 다 자란 꽃을 잘라 냉동고에 넣어 실어올리거나 방충제를 뿌리고 잎을 따고, 밤에는 깡통 아저씨가 하는 대로 꽃들의 수근거림을 엿들으면서 잠에 빠지곤 했다. 내가 식물과 이야기를 나눌 줄 알게 된 것도, 몇 번의 겨울을 비닐하우스 꽃 농장 쪽방에서 지낸 덕분이었다.

김씨가 작업실로 달려가 쪽문 저쪽의 자기 침실에서 찾고 있는 것은 무씨 봉지였다. 조급한 손길이 반 시간을 허비한 끝에 찾아낸 그것은 생전의 안토니오 신부가 찍어준 어린 시절 김씨의 사진과 함께 있었다.

한 손에 깡통을 들고서 잔뜩 쑥스러운 표정인 채 성당 문 앞에 서 있는 소년. 그 낡은 사진을 꺼내들 때마다 김씨가 보는 것은 소년이 아니라 소년의 손에 들려 있는 깡통이었다.

……아저씨, 우리가 찾던 하얀 꽃 말이에요. 시골에서 자란 마리아 얘기로는 무꽃일지도 모른다는군요. 지난 연말에 마리아가 고향 다녀오면서 가져왔던 이 무씨를 심어봐야 알겠지만, 만약 그 말이

맞다면, 아저씨. 저 혼자 헤맨 것까지 포함해서 우린 정말 엄청난 세월을 엉뚱한 쪽으로 에돌며 헛걸음친 셈이지요?

김씨는 텃밭의 굳은 흙덩이를 삽으로 깨어 뒤집어 엎었다. 겨우내 굳어 있던 땅이 큰숨을 내쉬며 김을 뿜었다. 훅 끼치는 흙내음을 깊숙이 마시며 호미로 이랑을 짓기 시작했다. 호미를 쥔 김씨의 손이 땀으로 미끌거려서 호미를 놓치고 다른 손까지 다칠 뻔했다.

……하마터면 이 봄을 또 놓칠 뻔했어요. 깡통 아저씨와 아저씨의 하얀 꽃 생각을 한 번도 잊은 적이 없으면서도 말이지요. 이것이 싹을 틔우고 자라서, 꽃이 필 때……

무씨 봉지를 집어들고, 너무도 단단히 옭매여 있는 매듭을 푸느라 김씨의 혼잣말은 자주 끊겼다.

……그 꽃이 우리가 찾던 하얀 꽃이고…… 그 하얀 꽃을…… 아저씨에게…… 꽂아드릴 수 있다면 얼마나 좋을까요.

무씨는 수수 알갱이 반쪽만한 크기에 자줏빛이 났다. 잔돌 하나 없이 일군 이랑에 무씨를 뿌리려다 말고 주저앉아서 김씨는 마른침을 삼키며 말을 걸었다.

……깡통 아저씨와 내가 찾아 헤맨 그 하얀 꽃이 너희들에게서 피어날까? 부모를 잃고, 형제를 잃고, 깡통 아저씨를 잃고…… 내게는 말이다, 이 삶이 그저 열심히 날짜를 채워 살아내야 하는 숙제 같았어. 남들은 내가 제복만 입지 않은 수사라고, 욕심도 욕망도 없는, 천성이 고결한 사람이라고, 좋은 말들을 해주기도 하지만 우스운 얘기랄밖에. 누구에게나 사람 좋은 얼굴을 하고 있지만, 난, 바닥이 뻥 뚫린 항아리란다. 기후가 나빠서 아무것도 꽃피울 수 없는 벌

판 같은 사람이 나야. 안젤로 수사 말로는, 뿌리 깊은 심리적 장애가 있다더군. 수사에게서 그런 얘기를 듣고 나니 성당에 드나드는 장애인들이 오히려 부러워지기도 했어. 그들이 가진 문제는 누가 봐도 알 수 있고, 휠체어니 맹도견이니, 그런 배려나마 당연하게 받을 수 있으니까. 아무것도 가질 수 없고 소망할 수 없도록 운명지어진 사람…… 외로움이 일용할 양식으로 주어진 사람…… 어쨌든 그런, 빈 껍데기처럼 내용 없이 살아온 내가 지금 너희들에게만은 이렇게 간절한 마음을 품는구나. 내가 생각해도 정말 이상한 일이야. 너희가 깡통 아저씨의 그 하얀 꽃을 피운다면, 그래서 어딘가에 있을 깡통 아저씨에게 그 꽃을 꽂아줄 수 있다면, 나도 처음으로 내 가슴에 따뜻하고 향기로운 꽃을 피울 수 있을 것 같다…… 듣고 있니?……

"얘, 내 말 듣고 있니?"

그것은 누더기나 다름없는 차림새로 어느새 키가 껑충해진 아이가 혼이 나간 듯 멍한 얼굴로 수도원에 돌아온 날, 정신을 잃기 직전에 들은 말이었다.

그 말을 신호로 아이는 지푸라기 인형처럼 쓰러졌고, 성당에서 달려온 안토니오 신부는 쓰러질 지경의 아이에게 자초지종을 따지려 했던 수사를 몹시 나무랐다. 언제 우리가 가는 사람 붙들고 오는 사람 막았더냐, 그 아이 행색을 보면 그 동안의 일들이 다 짐작되거늘……

하긴, 안젤로 수사로서는 그러지 않을 수가 없었을 것이다. 수도원 식구들 누구보다 살뜰히 보살폈던 아이가 어느 날 인사 한마디

없이 사라졌으니까. 그 무렵의 안젤로 또한 집을 떠나 수도원에 들어온 지 얼마 안 되는 처지여서 아이의 가련한 정황이 유난히 안쓰럽게 다가왔고, 떠나버린 후에도 오래 잊지 못하고 간곡히 기도해왔던 터였다.

안젤로 수사한테 은혜 모르는 머저리 취급을 받거나 말거나, 아이는 그곳이 아니면 갈 곳이 없었다. 어디를 가려는 생각조차 할 수 없었다. 아이의 발이고 손이고 눈이고 귀이며 머리였던 깡통을 잃고, 있는 기력을 다해 그를 찾다 포기한 때였다.

……아저씨, 이 무싹 좀 보세요. 엊그제 새싹이 난 것 같은데 벌써 이만큼 자랐어요. 푸나무 자라는 건 하루가 다르다더니, 정말 그렇군요. 틈날 때마다 이 무밭 가에 앉아서 아저씨와 함께했던 날들을 다시 한번 차분히 떠올려보고 있어요. 아저씨가 들려주었던 깡통 이전의 전생 얘기도 함께요. 제겐, 아저씨를 만나기 전의 생이 전생의 전생 같고, 아저씨와 함께 했던 날들이 전생 같다는 생각도 하면서요. 그토록 생생하면서도 거울 저편에 갇힌 기억처럼 손에 잡히지가 않네요.

그때 일, 기억나세요? 초겨울이었고, 우린 남쪽을 향해 내려가고 있었어요. 트럭 짐칸을 얻어 타고 마침 수도원이 있는 도시를 막 지나는데, 아저씨가 말했지요.

"알지? 무슨 일이 생기면 안토니오 신부님을 찾아가는 거다!"

나중에 생각하니, 아저씨는 그날 벌써 우리가 헤어질 것을 미리 알고 있었던 게 아니었나 싶더군요. 수천 번도 더, 그 장면의 필름을 되감아 펼쳐보곤 했답니다. 아저씨 말씀대로 상황에 대한 해석이 중요하니까요.

트럭 기사는 친절하게도, 겉보기로도 잔뜩 굶주린 우리에게 요기부터 제대로 좀 하라는 뜻으로 소도시 한복판에 있는 결혼식 피로연 전문 식당 앞에다 일부러 우리를 내려줬지요. 그런 식으로 끼니를 해결하는 우리가 아니었지만, 트럭 기사의 호의를 받아들이기로 한 것부터가 묘한 일이었달밖에요. 그런 식당에서 아저씨를 잃다니, 차라리 아저씨가 좋아하는 숲에서였더라면 좋았겠다고, 아저씨를 찾으러 돌아다니면서 전 주먹으로 수없이 눈물을 훔치곤 했지요.

결혼식 피로연 전문 식당들 대부분이 그렇듯이, 그 식당도 서로 모르는 하객들을 합석시켜 앉히곤 갈비탕 그릇 수 챙기기에 바빴다. 손님이 일어나자마자 식탁을 치워내고 새 손님을 앉혀 기계적으로 음식을 날라내오는 바람에, 아이와 깡통은 누구의 눈치도 보지 않고 잘 차린 상을 받았다. 그 탓에 눈깜박할 사이 깡통이 거대한 쓰레기봉지로 들어가고 말았지만.

아이 옆에 나란히 앉았던 신사가 식사를 먼저 끝내곤 아이가 놓아둔 깡통에다 담뱃재를 터는 순간이었다. 아이는 마침 바닥에 남은 갈비탕 국물을 마저 들이켜느라 그릇을 쳐들고 있었고 그때 마침 종업원이 쓰레기봉투를 들고 지나다 번개처럼 식탁을 치우고 간 것이다.

쓰레기로 가득 찬 봉지 속에 갇혀서, 깡통은 아이가 놀랄 일이 더 고통스러웠다. 몇 번이나 헤어질 뻔했다가 다시 만났지만 이번에는 예감이 좋지 않았다.

……점점 날씨가 추워질 거야. 나를 찾아다니지 말고 곧장 안토니오 신부님께 돌아가거라. 꼭 그래야 한다!

깡통은 쓰레기봉지 속에서 아이를 향해 있는 힘을 다해 거듭 외쳤다.

……아, 아저씨! 제가 맞았어요! 이 무꽃, 틀림없지요? 아저씨의 그 하얀 꽃이지요?

부활절 행사 준비며 뒤치다꺼리로 한 달여를 까맣게 잊고 있던 무밭이었다. 수도원으로 들어오는 오솔길 입구에 걸었던 플래카드까지 말끔히 정리한 다음날 이른 아침, 일어나자마자 텃밭으로 달려간 김씨는 떨리는 목소리로 그렇게 소리쳤다.

그런 다음 두 손을 맞잡고 무꽃들을 향해 깊이 고개 숙였다.

……그래, 고맙다. 아저씨 말대로 정말 어여쁜 꽃이로구나. 이제 너희들을 꺾어 깡통 아저씨에게 꽂아드리는 일만 남았어. 깡통 아

저씨를 찾았냐고? 아니. 하지만 아저씨일까, 생각하며 갖다둔 깡통들 모두에다 너희들을 꽂을 참이야. 세상의 모든 깡통이 아저씨처럼 영혼과 전생을 지니지 않았다고 누가 말할 수 있겠니. 아저씨는 어디에도 없었지만, 어디에나 있다고 생각해. 아저씨 전생에 어여뻤던 무꽃들이 지금 너희의 어여쁨인 것처럼, 깡통 아저씨의 존재도 모든 깡통에 있다는 생각이 들어. 자, 꺾여도 좋다면 내게 고개를 끄덕여주렴.

수도원 방마다, 피정 센터의 빈 방들과 주방, 식당의 식탁마다 놓이고도 남을 깡통들이 웃고 있었다. 깡통마다 무꽃을 한 줄기씩 꽂으면서, 김씨는 그래도 못 잊겠는 마음으로 떼쓰듯 나직이 말하곤 했다.

……아저씨, 행복하면 행복하다고, 나의 깡통 아저씨가 맞으면 맞다고, 움직여보세요.

그러자 마흔일곱 개나 되는 깡통들이 일제히 움직였다. 마흔일곱 줄기의 무꽃이 흔들렸다.

작가 후기

아주 어릴 적에 삶이 여러 번 거듭된다는 얘기를 들었기 때문인지, 그 전엔 어디서 무얼 하고 살았을까 하는 생각을 자주 하기는 했다. 깡통이나 벌레 · 풀 · 꽃 · 나무한테 말 걸고 노는 것도 오랜 버릇이기는 했다. 그래도 이런 이야기를 쓰게 될 줄은 몰랐고, 시 아닌 글을 쓰고 나면 언제나 그랬던 것처럼 몹시 쑥스럽다. 이 이야기의 제목과 함께 상상력을 빌려주신 선배 이성복 시인께, 짧은 글을 이만한 양이 되도록 연재해서 실어주셨던 월간 『에세이』에 감사드린다.

거기서 나는 살았다 선량한 아버지와
볏짚단 같은 어머니, 티밥같이 웃는 누이와 함께
거기서 너는 살았다 기차 소리 목에 걸고
흔들리는 무꽃 꺾어 깡통에 꽂고 오래 너는 살았다
더 살 수 없는 곳에 사는 사람들을 생각하며 우연히 스치는 질문
— 새는 어떻게 집을 짓는가
뒹구는 돌은 언제 잠 깨는가 풀잎도 잠을 자는가……
이성복 詩, 「모래내 · 1978년」 중에서

2000년 9월 이상희

누굴까, 이 천사들은

어디서 날개를 잃었을까

근심 없는 나라로 돌아갈 일도 잊어버리고 남루한 지붕 아래서 잠들었네

문학동네 어른을 위한 동화
깡통

1판 1쇄 | 2000년 10월 5일
1판 7쇄 | 2008년 4월 11일

지 은 이 | 이상희
펴 낸 이 | 강병선
책임편집 | 김현정 이은석
펴 낸 곳 | (주)문학동네
출판등록 | 1993년 10월 22일 제406-2003-000045호

주 소 | 413-756 경기도 파주시 교하읍 문발리 파주출판도시 513-8
전자우편 | editor@munhak.com
전화번호 | 031) 955-8888
팩 스 | 031) 955-8855

ISBN 89-8281-325-X 03810

* 이 도서의 국립중앙도서관 출판시도서목록(CIP)은 e-CIP 홈페이지(http://www.nl.go.kr/cip.php)에서
이용하실 수 있습니다.(CIP제어번호: CIP2006001407)

www.munhak.com